Fritz-Stefan Valtner

Gamaschen Fynn...

…ein Kater erzählt

Bibliografische Information der deutschen Nationalbibliothek

Die dt. Nationalbibliothek verzeichnet diese Publikation in der deutschen Nationalbibliothek
Detaillierte bibliografische Daten sind im Internet über http://dnb.dnb.de abrufbar.

Herstellung und Verlag:

BoD - Books on Demand
Norderstedt

ISBN: 9783748151944

Printed in Germany

„Gamaschen Fynn"

… ein Kater erzählt

Vorwort

Das bin ich, bei meiner morgendlichen Toilette. Hier mache ich mich fertig für meine täglichen Touren rund um Astederfeld.

Ach, sie kennen Astederfeld nicht?

Nun, dieser kleine, bescheidene Flecken Erde liegt drei Kilometer südlich von Neuenburg, einem Ortsteil von Zetel. Hier wird Landwirtschaft betrieben und die Kühe stehen noch auf der Weide. Zahlreiche kleine Gewässer runden mein Gebiet ab.

In diesem kleinen Buch erzähle ich Euch aus meinem Leben.

Wie ihr sehen könnt, bin ich ein hübscher grau gezeichneter Kater.
Vorne mit weißen „Söckchen", während ich hinten eher weiße Stiefel trage.
Eigentlich trage ich den liebevollen Beinahmen „Langbein", den ich aber erst später bekam.
Wie ich zu diesem Namen gekommen bin? Mehr darüber nachher.

Nun, ich habe im Verhältnis zu meinen Artgenossen, sehr lange Beine. Beim Klettern brachten sie mir Vorteile, aber manchmal waren sie auch hinderlich.

So sah meine Figur auch etwas ungewöhnlich aus. Ein langer, dünner Körper wurde von vier, etwas zu lang geratenen Beinen getragen.

Ansonsten bin ich ein lieber, sehr verschmuster Kater, der gerne gestreichelt werden will.

All dies hatte ich in meinem ersten Heim, was ich weit über 10 Jahre lang besaß.

Mein erstes Heim

Über viele Jahre habe ich ein sehr schönes Leben bei einer älteren und netten Dame gehabt. Wir haben uns ohne große Worte wunderbar verstanden.

Diese himmlischen Jahre gingen wie im Fluge vorbei. Gerne erinnere ich mich an die vielen Streicheleinheiten, die ich von dieser liebenswerten, betagten Dame bekommen habe. Von den langen Abenden auf dem Sofa. Gemeinsam schauten wir uns Filme an. Sie liebte Liebesfilme! Sie nahm mich oft mit auf ihren kurzen, täglichen Spaziergängen durch Astederfeld, in dem kleinen, südlich gelegenen Ortsteil von Zetel, nahe dem Jadebusen. Ihre Strecke kannte ich ganz genau, denn ich war ein Freigänger und hatte ein großes Gebiet was ich jeden Tag abging.

So lebten wir viele Jahre friedlich auf diesen ruhigen Fleckchen Erde.

Eines Tages wurde sie krank, kam für zwei Wochen in ein Krankenhaus und kehrte dann wieder zurück in ihr kleines Häuschen.

Wie sehr hatte ich mich darüber gefreut, denn die Tage ohne sie waren trüb und traurig. Ich bekam zwar mein Essen von einer Bekannten hingestellt, kam aber dafür nicht mehr raus. Da saß ich nun in dem Häuschen und wusste nicht, wie es weiter gehen sollte. Inständig hoffte ich, dass sie wieder gesund zurück kam.

Nach zwei Wochen war es dann zum Glück so weit, dass sie wieder nach Hause kommen konnte. Meine Freude kannte keine Grenzen.

Leider bemerkte ich eine große Unruhe bei ihr. Die Bekannte war jetzt oft da. Sie packten irgendwelche Sachen zusammen.

Oft saß die alte Dame erschöpft auf einem Stuhl und starrte eine Wand an. Ihre Augen schienen nicht mehr da zu sein. Ich versuchte sie zu trösten und mit ihr zu schmusen.

Aber ich hatte das Gefühl, dass sie mich gar nicht mehr wahrnahm.
Was war bloß mit ihr geschehen?

Ich begriff die Welt nicht mehr!

Ein paar Tage später kam diese Bekannte wieder und packte zahlreiche Koffer und Körbe in ihr Auto hinein und fuhr wieder weg. Einen Tag später war sie erneut da und packte weitere Sachen in ihr Auto ein. Aber diesmal nahm sie auch meine geliebte, alte Dame mit.
Mein Fressnapf wurde noch einmal aufgefüllt, noch einmal streichelte mich meine geliebte Freundin.
Sie hatte Tränen in den Augen. Ein letztes Mal spürte ich ihre zarte Hand, wie sie über mein seidenes Fell glitt.
Noch einmal kraulte sie meinen Nacken, was ich so gerne hatte. Die Bekannte drängte zur Eile. Eine letzte Handbewegung, dann ging sie hinaus.

Ich spürte, dass dies ein Abschied für immer war.

Die nächsten Tage war ich allein in dem kleinen Häuschen, was mir ja so vertraut war.

Aber jetzt?

Alles war so still. Keine Geräusche mehr – nur das leise Ticken der Wanduhr hörte ich noch.

Ich stellte mir die Frage: „Was wird jetzt aus dir?"

Diese Frage sollte ich ein paar Tage später beantwortet bekommen.

Schon am frühen Morgen kamen einige Männer zu dem Haus und fingen an, die Möbel aus dem Haus zu tragen. Ich zog mich erst einmal in eine Ecke zurück und folgte gebannt dem Treiben.
Nach einigen Stunden war das Haus völlig leergeräumt. Selbst mein Fressnapf war nicht mehr auf seinem Platz.

Was ging denn hier vor?

Dann ging die Bekannte noch einmal durch das Haus, kehrte mit dem Besen zum letzten Mal alle Räume durch, hob hier und dort das ein oder andere Papier bzw. irgendwelchen Abfall auf und entsorgte ihn.
Auch mein Fressnapf und meine Schale mit dem Wasser gingen diesen Weg.
Dann entdeckte sie mich in einer Ecke, wo ich mich versteckt hatte.
Sie packte mich und trug mich hinaus in den Garten, dann fiel die Türe ins Schloss und es wurde abgeschlossen, wie auch alle weiteren Fenster und Türen.

Kurze Zeit später stieg sie in ihr Auto und brauste davon. Die fremden Männer waren schon vorher weggefahren.

Da stand ich jetzt im Garten und verstand die Welt nicht mehr.

Was sollte das jetzt nun werden?

Wieso wurde die alte Dame aus ihrem Haus gebracht und wohin?

Die nächsten Tage schlich ich immer wieder um das Haus herum. Aber ich konnte nirgends eine Öffnung entdecken, um ins Haus zu gelangen.

Nun musste ich schauen, wie ich über die Runden kam.

Die Suche nach einem neuem Heim

Ich war nun allein, ausgesperrt und hungrig.
Zum Glück lief mir eine Maus über dem Weg, die ich mir schnappen konnte und so meinen ersten Hunger stillte.
Ich überlegte angestrengt, wo ich jetzt ein neues Heim finden konnte. In meinem Gebiet, was recht groß war, gab es jedoch nicht gerade viele Häuser. In einigen wohnten Hunde, die nicht gerade unsere bzw. meine Freunde waren. Daher kamen diese nicht für mich in Frage, um dort meine Zelte aufzuschlagen.

So versuchte ich es erst einmal ein paar Nachbarhäuser weiter.
Dort war öfters eine nette junge Dame zu sehen, die mich anlockte. So besuchte ich sie öfters. Jedoch war sie nicht immer da.

So kam ich dort auch nicht weiter.

Also versuchte ich es ein Haus weiter. Nach einer etwas längeren Beobachtungsphase fand ich heraus, dass dort zwei reizende Katzendamen lebten.

Eine weiße Diva und eine schwarze, träge Katze.

Die weiße Diva!

Hier hatte ich das Gefühl, dass sie wirklich sich benahm, wie eine kleine Diva. Sie fühlte sich erhaben, als wäre sie etwas besseres, als die schwarze Katze, die bei ihr lebte.

Nicht umsonst trug sie ein schwarzes Halsband, was dies auch immer zu bedeuten hatte.
Ich fand sie nicht so toll, wie sie wohl glaubte.

Dagegen war die schwarze Katze eine liebe, etwas dickliche, die eine gewisse Gemütlichkeit an den Tag legte.

Beide schienen im gleichen Alter zu sein, wie ich es war. Also auch nicht mehr ganz tautrisch.

Bisher hatte ich sie nie irgendwo in der Umgebung gesehen. Es schien so, als wenn die Beiden nur in einem abgesperrten Bereich des Garten nach draußen laufen konnten. Ansonsten waren sie wohl eher reine „Stubentiger."

Aber meist lagen sie auf einer Matte in einem Anbau und dösten dort in den Tag hinein, dabei musste das Wetter schön und sonnig sein, sonst waren sie mehr oder weniger im Inneren des Hauses, da es ihnen vermutlich im Anbau zu kalt war.

Wohl kleine Mimosen!

Die Zeit drängte, denn der Herbst und der Winter standen vor der Tür. Ich musste unbedingt ein Heim finden, wenn ich überleben wollte.

Ich dehnte mein Gebiet weiter aus, vielleicht gab es ja weitere Möglichkeiten ein neues Zuhause zu finden.

Also zog ich weiter. In dem nächsten Haus herrschte ein großer, weißer Kater. Mit dem war nicht zu spaßen. Selbst die Hunde machten einen weiten Bogen um dieses Haus.

Er bewachte sein Heim!

Einmal konnte ich beobachten wie ein großer, sehr stattlicher Hund, an der Leine seines Herrchen zu nah am Zaun seines Grundstückes vorbei ging.

Als er dies bemerkte, sah man nur noch ein weißes Knäuel, dass sich mit enormer Geschwindigkeit auf dem Hund zubewegte. Selbst ein Zaun war kein Hindernis.
Ich hörte nur noch wie der Hund aufheulte und sich von der Leine losriss und davon lief. Nur mit Mühe konnte sein Herrchen ihn wieder einfangen und beruhigen.

Er zitterte am ganzen Leib!

Die nächste Zeit ging er an diesem Haus nicht mehr vorbei, sondern machte einen großen Bogen um dieses Haus.

Aber da war er nicht der Einzige, der dort Manschetten bekam.

Auch ich musste sehr auf der Hut sein, um nicht in sein Reich einzudringen

Dabei stand sein Essen immer draußen in einer Schale für ihn bereit, wenn er von seinen Touren zurück kam.

Nur mit größter Vorsicht konnte ich mich dieser Versuchung nähern. Denn nicht immer hatte ich das Glück eine Maus zu erwischen.

Aber die eine oder andere Mahlzeit konnte ich von ihm, allerdings nur unter der größten Wachsamkeit, aus seinem Napf ergattern.

Also musste ich schon sehr vorsichtig sein und immer auf dem Sprung sein. Einmal hätte er mich beinahe erwischt.

Zum Glück bemerkte ich ihn meist noch rechtzeitig und konnte mich mit einem Sprung über eine nahestehende Mauer retten. Danach musste ich mich von dem Schrecken erst einmal erholen.

Oft ging es noch gut. Aber...

Darüber wollte ich nicht nachdenken!

Dabei wurde es langsam Zeit für mich, eine Unterkunft für den Winter zu finden.

Aber wo sollte ich hin?

In einem kleinen überdachten Unterstand fand ich bei den Leuten, die die beiden Divas beherbergten, einen ausrangierten Holzquader, der mit einem schönen Teppich ausstaffiert war und auf einer Holzbank stand.

Hier machte ich es mir für das Erste gemütlich.

Tagsüber schien die Sonne auf den Holzquader, was sehr angenehm war, jedoch waren die Nächte schon recht kalt und ungemütlich.

Eines Tages sah ich wie ein Mann eine kleine Grube am Rande des Grundstückes aushob. Er schien sehr traurig zu sein.

Später kam noch eine Frau hinzu. Auch sie wirkte traurig. Ein weißer Karton wurde in die ausgehobenen Grube abgesenkt.

Wer wurde denn hier zu Grabe getragen?

Still standen die Beiden vor dieser Grube mit dem weißen Karton. Sie sprachen kaum ein Wort. Bei der Frau vernahm ich ein leises Schluchzen. Dann wurde die Grube mit Erde wieder aufgefüllt. Nach einer halben Stunde war alles vorbei.

Bei Wegräumen des Spaten in einem angrenzenden Schuppen entdeckte er mich.

Er versuchte sofort Kontakt mit mir aufzunehmen. Aber meine Vorsicht ließ mich weglaufen.

Dies war unser erster Kontakt!

In den nächsten Tagen nahm ich meinen ganzen Mut zusammen und schaute mir das Haus etwas genauer an. Vielleicht war ja hier ein Platz für mich freigeworden.

In einem stillen Moment, die Beiden waren gerade mit den Auto weggefahren, ging ich mutig auf den Anbau zu und schaute neugierig durch eine Fensterscheibe ins Innere hinein.

Viel konnte ich auf Anhieb nicht sehen.

Nur die weiße Diva lag dort auf einem weißen Gestell, welches in einer Ecke des Raumes stand und schlief in den Tag hinein..

Mich hatte sie zum Glück nicht erblickt beziehungsweise bemerkt.
Im Stillen dachte ich so bei mir, dies wäre ein schönes Zuhause auch für dich.

Aber wie kann beziehungsweise sollte ich dort einziehen?

Ich schaute mich weiter auf dem Gelände um. Auf der Terrasse stand ein Strandkorb, den ich schon einmal gesehen hatte, wo die beiden Schönheiten in der Sonne gelegen hatten.
Den nahm ich mir jetzt noch einmal genauer vor.

Ich schlüpfte vorsichtig unter die Abdeckung durch, die den Strandkorb verhüllte und fand auf der Sitzfläche eine wunderschöne, warme, flauschige Felldecke.

Wow, dachte ich noch bei mir, dies ist ja fast perfekt! Hier konnte ich mich wunderbar hinein kuscheln und wärmen. Gleichzeitig bot die Schutzhülle einen sehr guten Wind- und Regenschutz.

Was wollte ich für` s erste mehr?

Immer wenn ich dann von meinen Streifzügen zurück kam, warf ich vorsichtig einen kurzen Blick durch die bodentiefen Fenster hinein.

Manchmal sah ich die weiße Diva, wie sie dort auf einem weichen Kissen in einem Korb ihre Siesta hielt.

Dies weckte natürlich weitere Begehrlichkeiten bei mir!

Jedoch änderte sich bald die Wetterlage, es wurde kälter und es fing an zu schneien.

Die Tage wurden kürzer und die Jagd nach etwas Fressbarem wurde immer schwieriger. Mein Magen hatte Hunger, nur zu oft konnte ich ihm nichts anbieten.

Zum Glück war ich nicht wählerisch und plünderte auch schon mal den einen oder anderen Fressnapf, der für einen Hund bestimmt war und draußen stand.

Auch die Schüssel des weißen Nachbarkaters war meist gut gefüllt. Hier konnte ich mich aber nur unter der größten Vorsicht leicht bedienen.

War der Magen gefüllt, dann zog ich mich zurück in mein neues „Heim" und wärmte mich auf.

Die Felldecke schob ich mir so zurecht, das sie eine kleine Höhle bildete. So konnte ich es aushalten.

Diesmal war der Winter doch recht hartnäckig. Dabei hinterließ ich jedoch im Schnee meine Spuren.

Dies fiel dem Bewohner des Hauses auf. Auf mich machte er den Eindruck, dass er sehr katzenfreundlich gesinnt war. So legte er sich auf die Lauer und muss auch so meine Schlafstelle entdeckt haben.
Vermutlich hat er mich beobachtet, wie ich über den Zaun geklettert kam, der den Bereich mit dem Teich abdeckte und wie ich dann im Strandkorb verschwand.

Auf dem Bild eine Seite vorher, könnt ihr mich sehen, wie ich meinen Durst lösche. Zum Glück gab es am Rand des Teiches noch eine offene Stelle, die ich zum Trinken nutzen konnte. Ansonsten lag auf dem Teich eine geschlossene Eisdecke.

Meine Spuren im Schnee waren sehr eindeutig.
Die Bilder fand ich übrigens in seinem Fotoarchiv. Das zeigt, dass er mich schon ganz schön beobachtet hatte.

In den nächsten Tagen sah ich ihn öfters am Fenster stehen, als wenn er mich erwartete. Seine Blicke erwiderte ich. Trotzdem schlich ich mich immer sehr vorsichtig in meine Unterkunft.

Dieses Spiel ging über einen längeren Zeitraum.

Eines Tages, er hatte mich mal wieder erwischt, wie ich in den Strandkorb huschte, hörte ich einige Schritte, die immer näher kamen.

Jetzt war auch die Frau dabei, die im gleichen Haus wohnte. Sie schauten sich meine Spuren, ich ich im Schnee hinterlassen hatte, genauer an und schüttelten den Kopf.

Ansonsten ließen sie mich in Ruhe.
Ich hatte aber das Gefühl, dass ich jetzt unter einer stärkeren Beobachtung stand. Aber scheinbar hatten die Beiden nichts dagegen, dass ich jetzt hier im Strandkorb wohnte und diesen als Winterquartier benutzte.

Es wurde sogar noch besser!

Ich kam eines Tages mal wieder müde von meiner Tour zurück und wollte mich schnell in meinem Strandkorb zurückziehen, als mir ein feiner Duft in der Nase hochstieg, der aus einer geschützten Ecke kam.

Neugierig folgte ich dem Duft.

In einer metallenen Schale fand ich eine leckere Mahlzeit, die ich schnell verputzte.

Als ich in den Strandkorb kletterte bemerkte ich etwas, was nicht normal war.

Man hatte mir, dem alten heimatlosen Kater, eine zusätzliche wärmende Decke hineingelegt.

Sollten die Beiden ein Auge auf mich geworfen haben?

Zumindest in der nächsten Zeit hatte ich immer einen gut gefüllten Fressnapf mit leckerem Essen drin. So konnte ich diesen wirklich harten Winter überleben.
Immer öfters sah ich jetzt ihn am Fenster stehen und wie er mich ansah, wenn ich von meinen Touren zurückkam. Meine erste Scheu legte ich mit der Zeit ab.

Als es wärmer wurde sah ich ihn auch öfters im Garten arbeiten. Da wurde mal die Hecke geschnitten, neue Blumen gepflanzt oder die Terrasse hergerichtet, um die ersten wärmenden Sonnenstrahlen zu genießen.

An einem Tag im April, es war schon ganz schön warm geworden, saß er unter einem Sonnenschirm auf der Terrasse und las in einer Zeitung.

Ich kam gerade von meiner Tour zurück und wollte mich in meinen Strandkorb zurückziehen.
Dazu musste ich jedoch an ihm vorbei.
Er tat so, als wenn er mich nicht bemerkt hatte. Ich war gerade auf Höhe seines Stuhles, als er mich mit einer sehr ruhigen Stimme ansprach:

„Nach du kleiner Bewohner des Strandkorb`s, bist du wieder von deiner Tour zurück?"

Erstaunt hielt ich inne. Er streckte mir seine Hand entgegen.

Ich überlegte, was ich tun sollte. Aber meine Neugierde siegte und ich schnupperte an seiner Hand. Irgendwie spürte ich, dass mir hier keine Gefahr drohte und ließ mich darauf ein, dass er mich streichelte.

Dabei sprach er ganz ruhig mit mir.

Als er sah, dass meine Schüssel leer war, stand er auf und ging er in den Anbau hinein.
Er kam mit einer Dose heraus, öffnete sie und füllte einen Teil des Inhaltes in meine Schüssel.
Dann setzte er sich wieder leise in seinen Stuhl. Ich schaute ihn an.

Er schaute mich an und sagte leise zu mir: „Na mein Kleiner, hast du keinen Hunger?"

Dies ließ ich mir nicht zweimal sagen!

In Null Komma nichts hatte ich die Schüssel leer und setzte mich in einem sicheren Abstand hin und schaute auf meine Schüssel.
Er verstand sofort und füllte sie noch einmal auf. Nachdem ich sie geleert hatte zog ich mich in meinem Strandkorb zurück und träumte von einem neuen Zuhause.

Meine erste Bekanntschaft mit der Diva des Hauses

Nach unserem ersten Kennenlernen mit ihm hatte ich immer einen gut gefüllten Napf vor meinem Strandkorb stehen, wenn ich von meiner Tour zurückkam.

So ging dies eine ganze Zeit.

Wenn er bei schönem Wetter mal draußen auf der Terrasse saß und ich zurück von meiner Tour kam, dann freute er sich immer, wenn ich zu ihm kam und er mich streicheln konnte. Mir gefiel dies auch sehr gut, zumal er meine schwache Seite schnell heraus gefunden hatte. Er kraulte mich sehr gut und zärtlich.
Eine besondere Freude hatte er, wenn ich mich auf einen Stuhl neben ihm legte und dort meinen Schönheitsschlaf hielt. Ich hatte das Gefühl, dass hier jemand ist, der mich einfach nur lieb hatte. So verbrachten wir viele Stunden gemeinsam auf der Terrasse.

Mir gefiel dies sehr!

Und ich wollte gerne mehr davon haben!.

An den Nachmittagen saß er oft mit der Frau auf der Terrasse und sie tranken dort gemeinsam eine Tasse Kaffee.

Wie damals bei meiner geliebten, alten Dame, die ich immer noch vermisse..

Was ist bloß aus ihr geworden?

Ich habe sie nie mehr gesehen. Das Haus stand lange verlassen dort, bis hier neue Leute mit zwei Hunden einzogen. Sie waren noch recht jung und wild und wenn ich dort in die Nähe kam, fingen sie wie verrückt an zu bellen.
Da will man nicht gerne bleiben und auf einen Kampf wollte ich mich nicht unbedingt mit denen einlassen.

Eines Tages, die Beiden waren gerade mal wieder mit dem Auto weggefahren, wurde ich neugierig und ging zu der Terrassentür hin und schaute hinein.

Da lag die weiße Diva auf ihren Kissen und räkelte sich in der Sonne, die durch ein Fenster hinein schien. Leider war ich etwas unvorsichtig und sie sah mich!

Wie von einer Tarantel gestochen sprang sie auf und rannte zur Tür.

Fauchend und wie ein wild gewordener Handfeger sprang sie an der Glasscheibe hoch, um mich zu verjagen.

Nach einem ersten Moment des Schrecks blieb ich ganz ruhig sitzen und schaute den wilden Bewegungen dieser weißen, verrückten Katze zu.

Nach einer kurzen Zeit blieb sie still stehen, fauchte noch etwas und ging wieder zurück zu ihrem Kissen und legte sich hin, jedoch ohne mich aus den Augen zu lassen.

Ich hatte das dumpfe Gefühl, dass sie mir klarmachen wollte, das sie hier die Chefin ist.

Für heute hatte ich genug gesehen und ging meiner Wege.

Im Stillen dachte ich bei mir: „Es wäre doch schön, wenn wir beide gemeinsam dort leben könnten. Es wäre doch Platz für uns beide da und die beiden „Diener" schienen doch sehr nett zu sein."
Ich wollte nichts unversucht lassen, um hier bald einzuziehen.

Aber bis es so weit war sollte dies noch ein beschwerlicher Weg werden.

Die erste Annäherung

Bis zur ersten Annäherung musste ich aber noch eine Zeitlang warten. Obwohl die Tage schon etwas wärmer wurden, die ersten Arbeiten im Garten schon erledigt waren, gab es noch einmal einen Kälteeinbruch und ich sah die Diva des Hauses immer seltener.

Nach draußen kam sie überhaupt nicht raus. Vermutlich ist sie so vornehm, dass sie nur im Hause unterwegs war. Aber auch dort sah ich sie selten, wenn ich schon mal einen Blick riskierte und durch das Fenster in den Wintergarten schaute.

Also ging ich erst einmal meiner Wege. Durch die täglichen Futterrationen kam ich eigentlich sehr gut über diese Zeit. Ich musste nicht selbst groß auf die Jagd gehen und konnte so unbeschwert durch mein Gebiet laufen.

Jedoch war zu dieser Zeit noch nicht viel los. Keiner arbeitete im Garten oder hielt sich sonst irgendwie dort auf.

Nach dem langen Winter sehnte sich jeder nach Sonne, aber sie hielt sich noch vornehm etwas zurück.

Wir Katzen lieben es ja zu essen, zu schlafen und in der Gegend umher zu streifen. Da gibt es ja immer wieder etwas Neues zu entdecken.

Auf meinen Streifzügen musste ich aber mit Sorge feststellen, dass sich ein weiterer Kater in unserem Revier, was ja entsprechend aufgeteilt war, aufhielt und für eine entsprechende Unruhe sorgte.

Bei einem meiner Gänge lief er mir geradezu über den Weg. Wie von einer Nadel gestochen sprang ich zu ihm hin und gab ihm ein paar heftige Hiebe mit meinen Tatzen.

Völlig überrascht suchte er das Weite. Ich warf ihm noch ein paar unfreundliche Worte hinterher und drohte ihm weitere Hiebe an, wenn er sich noch einmal erdreisten sollte, mein Gebiet zu betreten.

Kaum hatte er den ersten Schock überwunden, versuchte er erneut auf mein Gebiet zu gelangen.

Dabei machte er aber den Fehler, über das Nachbarrevier auf mein Terrain zu gelangen. Dabei hatte er nicht mit meinem weißen, wilden Nachbarn gerechnet.

Ohne eine Vorwarnung kam er aus einer Ecke heraus geschossen und sprang über dem ahnungslosen Kater her. Er schrie vor lauter Schmerzen. Denn dieser Urgewalt konnte man einfach nicht standhalten.
Er wurde regelrecht unter der Wucht der Hiebe auf den Boden gedrückt und konnte sich kaum befreien.
Sein einziges Glück war, dass ein Hund in sein Hoheitsgebiet eindrang und er augenblicklich von seinem Kontrahenten abließ und anfing den armen Hund zu jagen.
Diesen, für ihn günstigen, Augenblick nutzte der arme Kerl aus, um zu verschwinden. Ich habe ihn nie wieder gesehen. Dafür hörte ich den Hund kurz aufheulen. Zu seinem Glück kreuzte ein Auto den Weg der Beiden und der Hund konnte glücklich entkommen. Es hätte sonst tragisch enden können!

Mit stolz geschwellter Brust kehrte mein Nachbar und zog sich auf seinen Beobachtungsposten zurück.

Endlich kehrte wieder Ruhe in unserem Viertel ein.

Ich nutzte diese Zeit, um weitere Bereiche meines Reviers abzugehen. Hier war alles in bester Ordnung.

Also machte ich mich auf dem Weg zurück zu meinem Strandkorb. Ich brauchte nach den Aufregungen unbedingt eine Mütze voll Schlaf, denn ich war ja auch nicht mehr der Jüngste. Da muss man schon gut mit seinen Kräften haushalten.

Also zog ich mich wieder in meinem Strandkorb zurück und schlief eine Weile, bevor ich durch ein paar Geräusche aufgeweckt wurde. Ich streckte und reckte mich und schaute vorsichtig unter der Plane hervor und entdeckte die Beiden, wie sie einen Tisch und zwei Stühle auf die Terrasse setzten und daran Platz nahmen.

Die Sonne schickte ihre ersten wärmenden Strahlen herunter.

So nahmen die Beiden den ersten Kaffee auf der Terrasse ein. Die Terrassentür war offen.
Vorsichtig und fast unbemerkt schlich ich mich, auf allen Zehenkrallen, leise aus meinen Strandkorb heraus, ging hinter den Beiden durch das Beet an ihnen vorbei und marschierte leise auf die Tür zu.

Als ich gerade die Tür erreicht hatte wurde ich von den Beiden bemerkt, die aber in aller Ruhe sitzen blieben und mich nun beobachten.

Trotzdem meine Neugier war stärker und ich wollte unbedingt einen Blick in diesen Wintergarten hineinwerfen, den ich ja bisher nur von außen kannte.

Es war schon interessant was ich zu sehen bekam.
Auf der einen Seite in der Ecke sah ich zwei Gestelle, wo ja oft die weiße Diva schlief. Auf dem Boden sah ich noch einen Korb mit einem schönen weichen Kissen. Hier schlief die Diva auch oft drin.

Ferner sah ich einen Schrank, einige Regale, die voll gestellt waren mit irgendwelchen Sachen.

In der Mitte des Raumes stand ein großer, wuchtiger Tisch, der mit mehreren Stühlen und einer Bank bestückt war. Gegenüber der Türe sah ich ein Gestell, dass wie eine „Futterstation" aussah. Hier standen zwei Gefäße drin. Ob die wohl gefüllt waren?

Ich konnte mir sehr gut vorstellen hier zu leben.

Bevor ich aber weiter auffiel nahm ich Reißaus, überwand den Gartenzaun und zog mich in mein zweites Apartment zurück, welches sich auf dem gleichen Grundstück befand. Hier lag ich geschützt und trocken unter einem Überstand auf einer Bank, wo sich auch der verkleidete Quader stand Hier lag ich sehr gemütlich und die Sonne erwärmte mich.

Dabei dachte ich an das was ich gesehen hatte.

Ich werde mutiger

In den nächsten Tagen sah ich die
Beiden immer wieder, da sie
scheinbar die Grünbereiche neu
gestalteten und altes Gehölz
entfernten.
Der Weg zu meiner Schlafstätte war
dadurch immer wieder blockiert, da
sie immer einige Gerätschaften
nutzten, um die Abfälle zu entfernen.
Zu meinem Glück machten die Beiden
auch mal eine Pause, die ich dann
nutzte, um in mein Domizil zu
gelangen.
Danach konnte mich nichts mehr von
meinen längst notwendigen
Schönheitsschlaf abhalten.

Trotz aller Vorsicht musste ich
feststellen, dass ich hier unter einer
gewissen Beobachtung stand. Denn
mein Fressnapf war jetzt immer gut
gefüllt und scheinbar verfolgten mein
Tun einige unsichtbare Augenpaare.

Es wurde langsam wärmer und die Beiden waren jetzt immer häufiger draußen im Garten zu finden.
Da wurde hier und dort etwas ausgebessert oder neu gestrichen. Dann wurde etwas neu gebaut und Altes wieder überholt.

Eines Tages kamen die Beiden mit dem Auto zurück und luden etwas Großes aus. Am nächsten Tag war viel Bewegung auf der Terrasse, wo mein Strandkorb stand. Hier wurde eine große Hülle aufgebaut, die aussah, wie eine große, hohe Muschel.
Sie sollte wohl als Sonnen- und Regenschutz dienen. Kaum war sie aufgebaut und festgezurrt, saßen die Beiden auch schon drunter und genossen ihr neues Werk mit Kaffee und Kuchen. Ruck zuck standen zwei Liegen, vier Stühle mit Auflagen und ein Tisch unter diesem zeltartigen Gebilde.
Im Stillen dachte ich so bei mir, hier könntest du dich auch wohlfühlen, wenn dies so einladend wirkt.

Aber ich beschloss die Lage noch einige Zeit zu beobachten bevor ich näher mit den Beiden in Kontakt gehen wollte.

Dies sollte ein paar Tage später schon geschehen.

Wie jeden Tag hatte einer der Beiden, meistens war es die männliche Person der Beiden, die meinen Futternapf auffüllte und mir diesen auf den bekannten Platz hinstellte.
An diesem herrlichen Sommertag war ich etwas länger in meinem Gebiet unterwegs und kam erst gegen Nachmittag zurück, um mich schlafen zu legen.
Kaum hatte ich den Zaun überwunden und wollte gerade auf den Strand-Korb zumarschieren, als ich bemerkte, dass beide draußen mal wieder arbeiteten und auch die weiße Diva in dem umzäunten Terrassenbereich umherstrich.

Dabei hatte sie auch meinen Futternapf entdeckt und machte sich genüsslich darüber her.

So schnell ich konnte rannte ich zu meinem Napf hinüber und fauchte sie an und machte ihr klar, dass dies mein Napf sei.

Augenblicklich ließ sie das Essen sein und zog sich in eine Ecke zurück. Sie blieb aber in einer Abwehrhaltung.

Hier auf diesem Bild könnt ihr uns beide sehen, wie wir uns gegenseitig belauerten. Meinen Fressnapf hielt ich aber immer im Auge.

Vorsichtig näherte ich mich meinem Napf und leerte ihn schnell, ohne dabei die weiße Diva aus dem Auge zu verlieren.

Man kann ja nie wissen und ich wollte nicht überrascht werden.

Nach dem schnellen Mahl verschwand ich in meinem Strandkorb und hinterließ eine verdutzte weiße Diva. Sie folgte mir, wie ihr oben auf dem Bild sehen könnt.

Unter der Schutzhülle des Strandkorb`s lugte ich vorsichtig hervor, um die Szenerie zu verfolgen.

Aber irgendwie haben die Beiden uns beobachtet, da sie mit der weißen Diva sprachen und fragten, ob sie einen neuen Freund hätte.

Aber sie ließ sich nicht davon beirren und versuchte mich weiter aufzuspüren. Dabei stellte sie sich aber etwas dumm an. Nach einer Weile gab sie auf.

Trotz aller Anrede ließ sie sich nicht weiter davon beeindrucken und legte sich auf einen der gepolsterten Stühle hin und machte ein Nickerchen.

Diese Ruhe musste man erst einmal haben.

Nun, ich legte mich ebenfalls hin und ließ den Tag noch einmal Revue passieren.

Am anderen Morgen hatte ich mein Frühstück schon sehr früh verputzt, als ich sah, dass der Vorhang von der Terrassentür zurückgeschoben war und ich riskierte einen erneuten Blick in den Wintergarten hinein.
Da sah ich ihn mit einer Zeitung an einem Tisch sitzen, während die Diva in einem Korb ihren Schönheitsschlaf abhielt.

Ansonsten schien alles ruhig zu sein. Vorsichtig schob ich meinen Kopf weiter nach vorn, um mehr zu sehen. Kaum hatte ich dies getan, schaute er von seiner Zeitung auf und sah mir in die Augen.

Sie schienen liebevoll auf mich zu blicken. Wir schauten uns eine ganze Weile so an. Dabei hatte ich das gute Gefühl, dass ich willkommen war.

Aber gleichzeitig spürte er aber auch meine Angst vor dem Unbekanntem. Ich blieb noch eine Weile so hocken und schaute ihn an. Voller Zuversicht machte ich mich auf meinem Streifzug und musste an diese Begegnung denken. Sie ging mir nicht mehr aus dem Kopf.

Ich kam erst spät wieder an diesem Tag zurück.

Am darauffolgenden Tag sah ich ihn wieder, als er unter dem neuen Gebilde auf der Terrasse auf einem Stuhl saß und etwas niederschrieb.

Still und vorsichtig wollte ich an ihm vorbei, um zu meinen Strandkorb zu kommen.
Aber er sah und sprach mich mit einer sehr angenehmen Stimme an.

Er sagte so etwas wie:

„Du brauchst keine Angst zu haben, wir haben dich schon lange beobachtet, komm doch einfach mal her mein kleiner Kater."

Ich schaute ihn mit meinen großen Augen an und wollte schon auf ihn zulaufen, aber ein plötzliches Geräusch ließ mich davon ab und ich verschwand im Korb. Dabei hatte er mich ja schon mehrfach gestreichelt.

Danach sah ich ihn einige Tage nicht mehr, obwohl das Wetter sehr schön war. Was war mit ihm los? Auch seine Frau sah ich in dieser Zeit ebenfalls nicht. Sollte...?

Ich wollte nicht an so negativen Gedanken hängen.

Dabei sah ich in diesem Tagen eine andere, mir noch unbekannte Person im Hause der Beiden.

Scheinbar fütterte sie die weiße Diva.

An einem Nachmittag, es war sehr heiß, sah ich sie und die weiße Diva, wie sie unter dem Gebilde, das wie eine große Muschel aussah, im Schatten saßen und versuchten, der Hitze, die die Sonne vom Himmel schickte, zu entkommen. Aus der Ferne sah ich den Beiden zu.

Ich selbst suchte mir ein anderes schattiges Plätzchen und döste in den heißen Tag hinein.

Erstaunlich fand ich nur, dass mein Futternapf, obwohl die Beiden scheinbar nicht daheim waren, immer gut gefüllt war.

Mir kam dies schon etwas merkwürdig vor, aber der Hunger ließ mir keine andere Wahl, als sich hier zu bedienen und bei dieser Hitze machte das Jagen auch keinen wirklichen Spaß.

So vergingen die Tage wie im Fluge und dann kehrte wieder plötzlich Leben in die kleine Idylle ein.

Die Beiden waren endlich wieder zurück!

Jetzt kehrte wieder eine gewisse Normalität ein. Das Wetter blieb schön und die Beiden verbrachten viel Zeit im Garten oder zogen sich unter dieser komischen Muschel zurück und frönten dem Nichtstun. Dabei stand die Terrassentür immer offen, damit auch die weiße Diva den Weg nach draußen fand.

Aber meist zog sie es vor, doch lieber im Haus zu bleiben und zu dösen.

In einem unbemerkten Augenblick schlich ich mich an diese Tür heran und wagte einen erneuter Blick ins Innere des Anbaues.

Mutig wie ich in diesem Augenblick war, schlich ich vorsichtig hinein.

Vorsichtig ließ ich meine Blicke in alle Richtungen umherschweifen. Es sah wirklich gemütlich aus.

Vermutlich war ich so sehr mit den Eindrücken beschäftigt, die ich in mir aufnahm, sodass ich nicht bemerkte, wie sich die weiße Diva hinter meinem Rücken schlich und mir den Rückweg versperrte.

Dabei fauchte sie wie ein wild gewordener „Schmalbretttiger".

Ich ließ mich nicht aus der Ruhe bringen und blieb einfach auf der Stelle, die ich erreicht hatte, sitzen und machte keine Anstalten meinen Platz zu verlassen, obwohl die weiße Diva alles versuchte, um mich zu verjagen.

Aus meinem Blickwinkel sah ich, wie die Beiden dieses bizarre Schauspiel gebannt beobachten. Irgendwie hatte ich das Gefühl, dass sie nichts gegen einen weiteren Mitbewohner hatten. So ließen sie mich gewähren.

Nach einiger Zeit nahm ich meinen ganzen Mut zusammen und schaute mich weiter um. Von dem Anbau ging es in die anliegende Küche, von dort aus weiter in das kleine Wohnzimmer hinein.

Die Diva blieb im Türrahmen sitzen und folgte mit ihren Argusaugen argwöhnlsch melnen Wegen.

Dann kamen die Beiden mir nach und sprachen mich an. Der Ton war sehr liebevoll und man stellte mir eine Schüssel mit frischen Essen hin.

Hungrig wie ich war, aß ich hastig das leckere Essen auf. Ich schaute die Beiden noch einmal an und sie verstanden sofort was ich wollte. Es gab noch einen kleinen Nachschlag. Nachdem ich fertig war, ließ ich mich von den Beiden streicheln. Das konnten sie sehr gut.

Dabei nahm sie mich gleich auf ihrem Arm und ich spürte – hier bin ich zuhause!

So ging dies eine ganze Weile und dann zeigten sie mir eine Kiste mit einem Kissen, wo ich schlafen konnte. Diese wurde von mir erst einmal gründlich inspiziert.

Hier hatte ich eine sehr kommode Schlafgelegenheit. Ich legte mich auch gleich hin, da ich etwas erschlagen von den Ereignissen in der letzten Stunde war.

Der Diva wurde klargemacht, dass ich
jetzt hier mein neues Zuhause habe
und sie sich damit abfinden muss.
Scheinbar nahm sie das gelassen hin
und verzog sich in ihr Körbchen, um
ihren gestörten Schönheitsschlaf
nachzuholen.

Diesen hatte ich ja durch mein forsches Eindringen unterbrochen.

Die nächsten Tagen begegneten wir uns mit einer gewissen Achtung.

Hurra, endlich hatte Ich meinen eigenen Fressnapf und eine tolle Schlafstelle, mit ganz vielen, liebevollen Streicheleinheiten..

Was wollte ich mehr?

Tagsüber konnte ich hinaus und meine ausgedehnten Streifzüge unternehmen.
Oft saß er am Morgen auf einen Stuhl in der Sonne und schrieb etwas in einen Block hinein.
Wenn ich dann gegen Mittag von meiner Tour zurück, hatte er sich unter dieser Muschel zurückgezogen und lag dann auf seiner Liege.
Als er mich sah, rief er meinen Namen, den ich ab jetzt trug.

Man nannte mich jetzt „Fynn". Später bekam ich noch den Nachsatz „Langbein" hinzu.

Ach, wie ich zu dem Namen:

„Gamaschen Fynn" kam?

Das war so:

Ich weiß nicht mehr ob dies an einem Nachmittag oder an einem Abend war, was auch egal ist. Jedenfalls saßen die beiden mit zwei anderen Leuten, die scheinbar etwas jünger waren, zusammen und unterhielten sich angeregt. Dabei fiel auch mein Name. Auch die zusätzliche Bezeichnung „Langbein" wurde erwähnt. Sie machten sich über diese Bezeichnung sehr lustig, was ich gar nicht so gut fand. Dann wurden weitere Zusatznamen für mich ausgewählt. Aber keiner gefiel so recht.

Mir auch nicht!

Nachdem sie so einige Zeit darüber nachgedacht hatten widmeten sie sich wieder ihrem Kartenspiel.

Auf einmal sagte er, also mein „Diener", er hätte einen neuen Namen für mich. Alle hörten auf und folgten seinen Ausführungen. Ich konnte damit nicht viel anfangen.

Ich wollte lieber wissen, welchen Namen er für mich gefunden hatte.

Er sagte:

„ich würde ihn „Gamaschen – Fynn" nennen!" Dann kam die Frage nach dem Warum?
Schaut ihn euch mal genauer an, besonders seine Füße. Ich schaute an mir herunter und konnte nichts außergewöhnliches entdecken
Darauf antwortete er:
Wenn ihr auf seine Füße schaut, dann sieht er so aus, als wenn er Gamaschen trägt, wie früher es einmal Mode bei den Männern war. Vorne Gamaschen und hinten trägt er Stiefel. So könnte er auch „Stiefel – Fynn" heißen, was auch passen würde.

Aber der Name „Gamaschen - Fynn" passt viel besser zu ihm.

So kam ich zu dem Namen, der mich in der nächsten Zeit begleiten sollte.

Ich lief zu ihm hin, bekam gleich ein paar Leckerli und auf einer Liege, die neben ihn stand, legte er mir einen weichen Bezug hin, auf dem ich es mir gemütlich machen konnte.
So verbrachten wir dann gemeinsam unsere Siesta. Er war wirklich sehr lieb und ich bekam ganz viele, liebevolle Streicheleinheiten.
Am frühen Nachmittag kam dann seine Frau von der Arbeit zurück und wenn sie uns beiden da so liegen sah meinte sie voller Neid:

„So gut möchte ich es auch mal haben, wir ihr beiden."

Sie verschwand schnell ins Haus, zog sich um und setzte sich zu uns.

Zuerst gab es aber für mich erst einmal liebevolle und zärtliche Streicheleinheiten.

Danach tranken die Beiden einen Kaffee zusammen und ich bekam von ihr noch ein Leckerli.

So konnte man es aushalten!

Wie ihr dies auf dem nachfolgenden Bild sehr gut erkennen könnt. Hier liege ich völlig entspannt und ruhig dar und genoss dies sehr.

Es war so, wie das Sprichwort es ausdrückte: „Du lebst ja wie Gott in Frankreich." Diese Gefühl hatte ich auch!!!

Manchmal kam auch die weiße Diva zu uns heraus und wollte auch so kommod wie ich auf einem Stuhl liegen. Also wurde ein Stuhl mit einer Auflage bestückt, damit Madame Jacey ihren Astralkörper auch entsprechend lagern konnte.

Vornehm geht die Welt zugrunde.

Mir war das völlig gleich!

Ich war zufrieden, mit den was ich hatte.

Die Abende verbrachten wir immer gemeinsam. Wenn die Beiden dem Programm im Fernsehen folgten, dann lag die Diva meistens bei ihr und ich suchte mir einen Platz bei ihm aus. Hier bekam ich viele Streicheleinheiten.

Oh, dass tat meiner Seele sehr gut!

Mit der Zeit hatte die Diva sich an mich gewöhnt und wir beide lebten einträchtig nebeneinander.

Jeder hatte seine bevorzugten Schlafplätze und wir akzeptierten dies.

So ging der Sommer langsam zu Ende und ich war sehr froh, dass ich nun ein neues Heim gefunden hatte und nicht mehr draußen unter erbärmlichen Verhältnissen leben musste.

Die Tage wurden kürzer, es wurde Herbst und die Kälte hielt langsam Einzug. Trotzdem machte ich meine täglichen Rundgänge in meinem Revier.

Neue Rivalen

Bei einer meiner „Runden" musste ich entdecken, dass zwei neue, junge Kater in meinem Revier unterwegs waren. Einen rothaarigen Kater konnte ich an einem frühen Morgen im Herbst in meinem Revier stellen. Ich zeigte in einem kleinen Angriff wer hier der Chef war und er verließ schnell mein Revier.

Den zweiten fremden Kater erwischte ich in meiner alten Schlafstelle im Schuppen. Kaum hatte er mich erblickt, wollte er fliehen. Aber ich war schneller und verstellte ihm seinen Fluchtweg. Jetzt saß er in der Falle. Ich ging auf ihn fauchend zu und machte ihm klar wer hier der Chef war. Ein paar schnelle Schläge mit meinen Tatzen taten das Übrige. Ich gab ihm den Weg zur Flucht frei.

Beide sah ich nicht mehr!

Aber mir sollte noch ein schwieriger Kampf bevorstehen.

Es wurde draußen langsam immer kälter und eigentlich blieb ich jetzt lieber daheim.
Aber irgendwas ließ mir keine Ruhe und ich musste mal wieder eine Runde in meinem Revier drehen.

Bei dieser Runde musste ich zu meinem Erstaunen feststellen, dass der wilde, weiße Nachbarskater, der Hundeschreck, in meinem Gebiet unterwegs war.
Vorsichtig folgte ich seiner Spur. Dabei kam ich auch an dem besagten Schuppen vorbei, der auf dem Grundstück der Beiden lag. Dort hatte ich noch nicht vor allzu langer Zeit meinen Rückzugsort gehabt. Hier lag ich geschützt, trocken und sicher. Jetzt tobte er hier herum. Das konnte nicht gutgehen.

Vorsichtig schlich ich umher, um mich zu vergewissern, dass er mich nicht entdecken konnte.

Als ich gerade meinen ehemaligen Schlafplatz inspizieren wollte, hörte ich ein leises Knacken und dann flog auch schon ein weißer Körper auf mich zu.

Blitzschnell drehte ich mich zur Seite. Aber auch er war sehr gewandt, trotz seiner Masse und konterte meinen Versuch ihm auszuweichen. Da spürte ich auch schon einen ersten Schlag mit seiner Pranke, die mein rechtes Ohr traf.

Ein Nagel seiner Kralle riss eine starke Kerbe in mein Ohr. Ich erwiderte seinen Angriff mit zwei harten Schlägen meiner Pranken. Sie trafen ihn voll am Kopf. Einen Moment stand er verdutzt da, schüttelte sich kurz und ging zum Gegenangriff über. Geschickt konnte ich seinem Angriff ausweichen und setzte noch ein paar Hiebe an, die aber keine große Wirkung bei ihm zeigten.

Jetzt ging ich zum Gegenangriff über und sprang ihn von der Seite an und krallte meine ausgefahrenen Krallen in seinem Körper.

Er schrie nur kurz auf und ging seinerseits zu einem schnellen Angriff über. Mit einem schnellen Sprung auf eine Bohle in dem Schuppen konnte ich dem Angriff ausweichen. Er wurde gereizter. Jetzt musste ich auf der Hut sein.

Wie zwei angeschlagene Boxer umkreisten wir uns.

Jeder wartete auf den berühmten Schlag, der das Duell beendete.

Ein ganze Weile schlichen wir wie die Indianer umher, immer lauernd auf einen Fehler des anderen.

Da wurde ein Scheinangriff unternommen, um ihn dann abgebrechen, um im gleichen Atemzug wieder einen erneuten Angriff zu starten. Aber ich konnte jedes Mal diese Angriffe parieren.

So ging dies eine ganze Weile. Als ich mir einen besseren Platz für einen Angriff suchen wollte, machte er einen riesigen Satz und erwischte mein Hinterteil. Ein paar Krallen drangen in meinem Körper hinein. Nur mit Mühe konnte ich verhindern, dass er mir in den Nacken sprang.

Mit der letzten Anstrengung gelang es mir mich aus seinem Griff zu befreien. Dabei spürte ich, dass ich etwas von meiner Haut verloren hatte und ich blutete. Aber ich hatte mich schnell wieder gefangen und griff meinen Widersacher vehement an. Wie von Sinnen schlug ich auf ihn ein.

Dies zeigte Wirkung. Mit einer blutigen Nase zog er von dannen. Damit war mein Revier fürs erste gesichert.

Aber ich war ganz schön gezeichnet. Mein rechtes Ohr hatte einen großen Riss bekommen. An meinem Hinterteil fehlte auf einer Stelle ein Fünfmark großes Stück von meinem Fell und auch etwas Haut. Die Stelle blutete leicht.
Aber ansonsten habe ich den Kampf ganz gut überstanden.

Vorsichtig schlich ich mich auf das Nachbargrundstück und schaute nach, was mein Gegner machte.

Er lag auf einer Matte und leckte seine Wunden.

Als er mich sah, wollte er aufspringen, aber etwas hinderte ihn daran. Ich drehte mich um und ging mit stolzer Brust nach Hause.

Damit waren die Fronten abgesteckt, mein Revier gesichert und alle hielten sich daran.

Der Winter kommt

Es wurde immer kälter, Schnee fiel und es herrschte starker Frost. Ich war froh im Warmen zu liegen und in den Tag hinein zu dösen.

Hier liege ich im Gästezimmer auf dem Bett und träume von leckerem Essen und vielen Leckerlis.

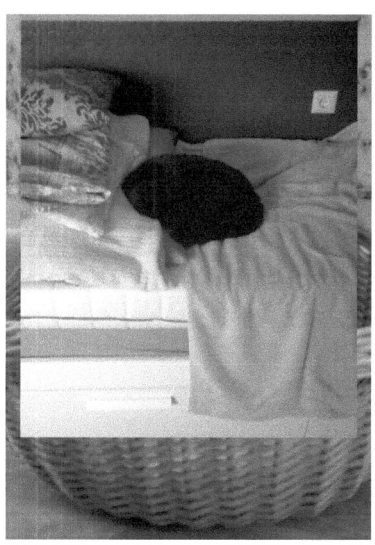

Die weiße Diva lag meist in ihrem Körbchen

und döste in den langen Tag hinein. Hier seht ihr sie, wie sie müde mal aufschaute und sich fragte: „Wer stört hier meine Ruhe?"

Oft wurde sie auch fein hergerichtet und machte dann einen auf feine Dame.

Wie ihr auf den nachfolgenden Bilder unschwer erkennen könnt.

Hier macht sie auf ganz vornehm. Manchmal trug sie auch ein kleines Glöckchen, damit man sie hören konnte, wenn sie kam und alle Aufmerksamkeit für sich beanspruchte.

Ich kann nur eines dazu sagen:

„Vornehm geht die Welt unter!"

Da hat sie sich aber fein gemacht!

Hier will sie sagen:

„Hey, ich bin ein Star!" (Holt mich hier heraus!)

Dabei hat sie sogar ein eigenes Buch geschrieben, mit dem Titel:

„Mein Name ist Jacey, die Hauskatze"

Ich habe es gelesen! Gar nicht so schlecht. Aber manchmal hat sie auch etwas übertrieben. Aber so ist sie halt.

Eben wie eine kleine Diva!

Hier habe ich noch ein Foto von ihr gefunden, wo sie so tut, als wenn sie schreiben würde und von dem Texten so erschöpft ist, dass sie unbedingt eine Pause machen musste.

So eine Schauspielerin!

Das Zusammenleben mit der Diva klappte immer besser und wir respektierten uns.

So war ich froh, dass ich auf meine alten Tage ein so gemütliches Heim gefunden hatte.

Immerhin war ich schon 16 Jahre alt. Mit der Zeit spürte ich meine alten Knochen. Ich kam nicht mehr so schnell über den Gartenzaun wie noch vor einem Jahr. Also suchte ich mir den einfachen Weg und fand nach kurzer Zeit ein Schlupfloch im Zaun.

Die Beiden hatten einen neuen Zaun gebaut, um den Teich abzusichern. Dabei haben sie alte, abgelagerte Bretter genommen, sie alle auf die gleiche Höhe geschnitten und dann auf zwei Querriegel befestigt.

Da die Bretter recht rustikal waren, gab es unterschiedliche Breiten, die mal die ein oder andere größere Lücke ließ die ich gut nutzen konnte.

Auch die Diva war schon ein altes Mädchen, sah aber noch für ihr Alter, auch schon immerhin 14 Jahre, noch ganz passabel aus. Aber auch sie merkte ihr Alter. Da zwackte es hier und da.

So waren wir beide froh, dass wir in Ruhe die Tage genießen konnten. Vor alle die Pflege, die wir von den Beiden bekamen, linderten unsere kleinen „Problemchen" doch sehr gewaltig.

Ich freute mich schon auf die ersten Tage im Frühling, aber der Winter war in diesem Jahr sehr hartnäckig. So musste ich mich gedulden, um mal wieder einen Streifzug durch mein Revier zu machen.

Abschied

Langsam wird es wärmer. Die Sonne
wurde stärker und wenn sie in den
Anbau herein scheint, dann wird es
dort schon sehr warm. Dann muss ich
mir schon ein Plätzchen suchen,
welches im Schatten liegt.
Während die Diva es nicht warm
genug haben kann.

Eben ein Mädchen!

Aber in letzter Zeit hatte ich das
Gefühl, dass es ihr nicht so gut ging.
Sie war lustlos und hatte auch keinen
großen Hunger mehr. Sie nahm stark
ab.
Die Beiden machten sich ebenfalls
große Sorgen um sie. Ein paar Tage
später wurde ein Kasten in den Anbau
hereingeholt und mit einem Kissen
ausgelegt. Dann ging es auf die
Suche nach ihr.
Im kleinen Gästezimmer fand man sie
endlich, Sie hatte sich unter den
zahlreichen Kissen auf dem Bett
versteckt. Aber es half ihr nlcht.

Sie wurde von ihr auf den Arm genommen und die Treppe hinunter getragen und ehe sie sich versah, saß sie auch schon in diesem komischen Kasten drin.

Sie schien dies schon zu kennen. Ich hörte keinen Laut von ihr. Still legte sie sich auf das Kissen, welches in dem Kasten lag.
Nur kurz, als es durch die Türe hinaus ging, hörte ich ein kurzes Miau.

Dann holten die Beiden das Auto aus der Garage, sie setzte sich mit dem Kasten und der Diva auf dem Beifahrersitz und er nahm Platz am Steuer. Der Motor startete und sie fuhren los.

Nach gut zwei Stunden kamen sie wieder zurück - mit der Diva.

Wie ich aus den Gesprächen mitbekam, waren sie beim Tierarzt.

Irgendwie waren die beiden betrübt.

Sah es um die Diva nicht gut aus?

Nachdem sie aus dem Kasten herausgeholt worden war, legte man sie in ihr Körbchen hinein. Selbst ihr Lieblingsessen verschmähte sie. Dies sollte nichts Gutes bedeuten.

Auch die nächsten Tagen lag sie apathisch in ihrem Körbchen und nur mit Mühe nahm sie ihr Essen ein.

Ich versuchte sie noch ein bisschen aufzumuntern, was mir aber nicht gelang. So ließ ich sie in Ruhe in ihrem Körbchen liegen. Aber immer wieder schaute ich nach ihr, denn irgendwie war sie mir ans Herz gewachsen.

Ihr Zustand verschlechterte sich von Tag zu Tag. Eine große Beule an ihrem Mund wurde immer größer und aus dieser Beule floss ein stinkender Brei heraus.
Dann wurde wieder dieses Kästchen hervorgeholt. Vorsichtig nahm man die Diva und legte sie in den Kasten herein.

Dies geschah alles ohne Widerstand.

Dann wurde wieder der Wagen aus der Garage geholt und die Beiden fuhren weg.

Nach einer Stunde kamen sie wieder zurück.

Beide machten ein sehr trauriges Gesicht. Sie kämpfte mit den Tränen. Wie ich es mal aus Gesprächen herausgehört hatte, lebte sie schon sehr lange bei ihr. Über 14 Jahre lang.

Der Kasten wurde draußen abgestellt und er ging in die Garage hinein und kam mit einem Spaten heraus. Sie hatte einen großen Karton hervorgeholt und kleidete ihn liebevoll mit einem Handtuch aus.
Dann gingen die Beiden mit dem Kasten und dem Karton in die hinterste Ecke ihres Gartens.

Eine halbe Stunde später kamen sie wieder zurück.

Still saßen sie im Anbau auf der Bank. Sie weinte! Er nahm sie in seine Arme. So saßen sie eine ganze Weile auf dieser Bank.

Ich traute mich nicht zu ihnen zu gehen. So zog ich mich erst einmal zurück.

Später wurden die Sachen von der Diva entfernt.

In einer ruhigen Minute, als er an seinem Schreibtisch saß, ging ich zu ihm hin und er schob mir einen Stuhl neben sich, auf dem ich mich setzen konnte. Das haben wir schon öfters gemacht, wenn er am Computer saß und schrieb. Dabei war ich immer ganz nah bei ihm und ich bekam meine heiß und innig geliebten Streicheleinheiten.
So war es auch diesmal. Er hörte auf zu schreiben und wandte sich mir zu. Er streichelte mich ganz zärtlich und blickte mir in die Augen, dabei merkte ich, dass er sehr traurig war.

Er erzählte mir, dass ich meine kleine Diva nicht mehr wiedersehen würde, da sie sehr krank war und der Tierarzt es für notwendig ansah, sie einzuschläfern, was dann auch leider geschah.
Sie wurde jetzt neben ihrer Schwester im Garten begraben.

Dieses Bild sah ich auf seinem Schreibtisch.

Sie starb vor eineinhalb Jahren, auch schon im betagten Alter, bevor ich eingezogen war.

Er erzählte mir, dass sie als ganz kleines Kätzchen zu seiner Frau gekommen war und vieles mit ihr gemeinsam erlebt hatte. Sie war sehr anhänglich und spürte es genau, wenn es ihr mal nicht gut ging. Sie liebte sie sehr!

Nun bin ich ihr Prinz

Ja, jetzt war ich auf meinen alten Tagen ganz allein und lebte mit den Beiden zusammen.

Jetzt versuchte ich es ihr gerecht zu machen und tat alles um ihr zu gefallen, was nicht schwer war. Denn ich kannte dies ja von meiner alten, geliebten Dame, die ich so plötzlich verlassen musste.

Was wird sie jetzt wohl machen?

Lebt sie überhaupt noch?

Ich weiß es nicht?

Ich habe von ihr nichts mehr gehört!

So war ich sehr froh bei den Beiden gelandet zu sein und hier ein sehr schönes Katzenleben auf meine alten Tage habe.

Wenn die Beiden mal weg waren und ich auf meiner Tour noch unterwegs war, dann habe ich immer hier auf diesen Tisch auf sie gewartet.

Hier habe ich dann immer gern auf sie gewartet, denn wenn die Sonne schien, war es hier immer sehr schön warm.

Sollte es mal regnen, so hatten die Beiden eine große Kiste für mich ausstaffiert, wo ich vor Regen geschützt war und hier auf sie warten konnte.

So habe ich die Beiden immer mit einem großen Hallo empfangen.

Aber auch wenn ich immer draußen auf meinem Stuhl lag und in den Tag hinein döste, bekam ich viele, liebevolle Streicheleinheiten.

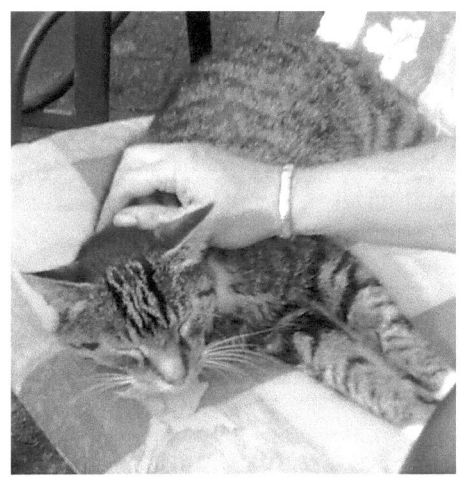

Na, einen so lieben Kater kann man nur liebhaben! Oder?

Ganz zu schweigen von den vielen Leckerlis, die ich bekam.

Ich dankte es den Beiden mit einer liebevollen Hinwendung.

Auf Streifzug

Als ich im Sommer wieder mal in meinem Gebiet unterwegs war, musste ich feststellen, dass es einige Veränderungen gab.

Der ein oder andere Garten war neu gestaltet worden. Hier gab es neue Beete, die allerdings mit einem so komischen Zeug abgedeckt waren, auf dem man nicht so recht laufen konnte. Sie nennen es Mulch. Ein widerliches Zeug. Wenn man darüber läuft, kann man sich sehr schnell eine Verletzung durch einen Span holen, was sehr unangenehm ist.
Also wurden uns unsere Toiletten einfach entfernt und wir mussten uns ein neues Klo suchen, was bei diesen Orgien des Aufbringen von Mulch sehr schwierig war.

Auch von meinen Kontrahenten war wenig zu sehen. Den rothaarigen Kater, den ich noch im Winter gehört halte, war auch schon lange nicht mehr unterwegs gewesen.

Mein weißer, immer auf Krawall gebürsteter Nachbar habe ich ebenfalls schon lange nicht mehr gesehen.

Sein Napf stand auch nicht mehr draußen. Ging er nicht mehr hinaus. War er auch schon zu einem Stubentiger mutiert?

Was war da in der Nachbarschaft los. Selbst die ängstlichen Hunde, die immer seine Seite der Straße wie die Pest gemieden hatten, gingen dort wieder entlang. Dies war schon komisch.

Ich konnte mich immer länger auf seinem Grundstück aufhalten, ohne das mir eine Gefahr drohte.

Als ich eines Tages mal wieder auf seinem Anwesen unterwegs war, sah ich seinen Diener, wie er versuchte, seinen Rasenmäher zu starten.

Es gelang nicht und er musste noch einige Wartungsarbeiten durchführen. Neugierig geworden ging ich auf ihn zu.

Als er mich sah, holte er eine Tüte hervor und warf mir einige Leckerlis hin.

Ich schnupperte vorsichtig daran, fand sie für gut und verputzte sie mit Freuden.

Aber wo war mein weißer Rivale?

Eines Abends, beide Nachbarn waren mit notwendigen Gartenarbeiten beschäftigt, kamen sie am Gartenzaun ins Gespräch.

Dabei erfuhr ich, dass man mit meinen weißen Kater zum Arzt gehen musste, da er sehr krank geworden war und man nun hofft, dass er bald wieder genesen wird.

Dabei erfuhren meine Dienerschaft leider auch, dass ich fremd gegangen bin und die Leckerlis des Nachbarn nicht verschmähte.

Ich fand nichts anstößiges dabei und ging meiner Wege, während die weiterhin am Gartenzaun standen und erzählten.

Der Sommer war wunderschön und sehr angenehm. Ich nutzte meine Freiheiten, liebte meine vielen Streicheleinheiten und das gute Essen.

Ich blieb jetzt immer öfters in meinem kleinen Bereich, denn auch ich merkte immer mehr mein Alter. Meine Bewegungen wurden langsamer und ich war froh, wenn ich mich bequem irgendwo hinlegen konnte.
Aber es gab auch Tage die ich sehr genossen habe, dazu brauchte es nicht viel.

Ein gutes Essen, Sonne und Wärme, dann war ich mit der Welt zufrieden.

Hier denke ich an vergangene Zeiten zurück und vergleiche sie mit den heutigen Wirklichkeiten.

Und ich kann mit guten Gewissen sagen, dass meine Entscheidung, als man mich aus dem Heim meiner alten, geliebten Dame regelrecht heraus geworfen hatte, die Richtige war.

Denn hier habe ich es super angetroffen und möchte diese Annehmlichkeiten nicht mehr missen.

So kann ich nur noch eines sagen:

„Ich fühle mich hier sauwohl!"

Ach, wie schön ist das hier!

Die Sonne scheint, der Boden ist schön warm und manchmal kann ich auch ein richtiger Clown sein.

Das Leben kann so schön sein!

Wie gut ist das denn!

Ein Jahr später

Ich war jetzt der ungekrönte Prinz bei den Beiden und liebte die vielen kleinen Annehmlichkeiten, die mir zuteil wurden.

So hatte ich es auf meinen alten Tage noch einmal gut angetroffen.
Trotzdem war ich noch oft unterwegs in meinem Revier. Dabei hatte ich das Gefühl, dass es keine Konkurrenz mehr in meinem Gebiet gab.
Zu viele meiner ehemaligen Gegner waren nicht mehr da. So konnte ich mich ungezwungen bewegen und mein Gebiet ausweiten.

Bei meinen Touren musste ich einige Veränderungen feststellen, die aber nicht so gravierend waren.

In einem der Gärten fiel mir aber ein neuer Teich auf, in dem einige Fische schwammen. Sie weckten mein Interesse.

Leider war dieser Teich jedoch eingezäunt und der Zaun nicht gerade katzenfreundlich. So sehr ich mich auch bemühte, ich fand keinen Durchgang, um ganz nah an den Teich zu kommen.

Eine Seite des Teiches wurde durch eine Mauer begrenzt. Sie war nicht sehr hoch. Ich versuchte sie von der anderen Seite zu überwinden. Ich ging etwas in die Hocke und schnellte nach oben auf die Mauer. Ich wunderte mich schon, wie ich das geschafft hatte und das in meinem Alter!
Nun war der Zugang frei zum Rand des Teiches.
Ein kurzer Sprung in die Tiefe und da lag der Teich vor mir.
Ich schaute durch das klare Wasser hindurch und entdeckte einen bunten Fisch, der ruhig an der Oberfläche schwamm. Er schien mich nicht zu bemerken. In der Nähe sah ich einen weiteren Fisch, der jedoch erheblich größer war und ebenso bunt schillerte wie der kleinere Fisch, den ich zuerst bemerkte.

Noch merkte keiner von den Fischen, dass ich hier auf der Lauer lag. Ich kauerte mich auf dem Rand des Teiches, der aus groben Steinen bestand, nieder und folgte dem Geschehen im Teich.

Ich bekam Hunger und Fisch mochte ich auch sehr gerne.

Dies wäre eine super Gelegenheit!

Also fixierte ich den ersten Fisch mit meinen Augen und verfolgte gebannt seinen Bewegungen. Er schwamm immer noch völlig relax nahe der Oberfläche umher. Ich rückte weiter auf dem Steinrand vor, um eine bessere Position zu bekommen. Jetzt kam noch ein weiterer Fisch hinzu und schwamm ganz nah an mir vorbei.

Zum Greifen nahe!

Aber dieser war mir zu klein!

Ich wollte den anderen haben, der eine gute Mahlzeit abgeben würde. Ich musste nur noch warten, bis er nahe genug bei mir war, damit ich ihn mit meinen Krallen, die ich schon ausgefahren hatte, erwischen konnte.
Unbeweglich und in völliger Anspannung saß ich da nun und harrte den Dingen.
Aber dieser verdammte Fisch wollte einfach nicht nahe genug an mich herankommen. Ahnte er etwas? Oder wollte er mich nur ärgern?
Also musste ich meine Taktik etwas verändern.
Ich nahm meine Pfote und führte sie langsam und vorsichtig in das Wasser hinein und machte ganz leichte Bewegungen.
Dies bekam der Fisch mit und wurde neugierig. Langsam und bedächtig schwamm er auf mich zu. Machte dann einen kurzen Stopp und drehte sich wieder um und schwamm seines Weges weiter. So ein dummer Fisch.
Ich versuchte es erneut, aber keiner dieser dummen Fische interessierte sich für meine Bewegungen, die ich im Wasser anstellte.

Während ich noch zu ruhig dalag, näherte sich ein kleiner Vogel, der hier etwas trinken wollte. Ich war angespannt wie die Sehne eines Bogens, die gleich den tödlichen Pfeil freigeben wollte. Vorsichtig schaute sich das Vögelchen noch einmal um, bevor es trank.

Dies war mein Augenblick. Ich schnellte hervor und konnte das Vögelchen mit meinen scharfen Krallen erwischen. Ein kurzer Biss beendete sein Leben und ich hatte ein leckeres Mittagsmahl. Ich machte mich mit meiner Beute sofort auf den Weg, um diese in Sicherheit zu bringen.

Als ich nach Hause kam sah ich die Beiden vor der Tür stehen. Sie unterhielten sich.

Ich legte ihnen meine Beute als Dank vor ihre Füße und schaute sie mit meinem treuherzigen Blick an. Ihre Blicke waren darüber nicht sehr begeistert.

Eher spürte ich eine gewisse Abneigung, denn ich hörte sie sagen:

„Oh, mein Gott, dass arme Vögelchen!"

Etwas verunsichert nahm ich meine Beute und mit wenigen Bissen verputzte ich sie. Da staunten die Beiden aber nicht schlecht.

Kopfschütteln gingen sie ins Haus hinein.

Danach habe ich nie wieder den Beiden einen Liebesbeweis mit nach Hause gebracht!

Aber auch so haben meine Dienerschaft mich schrecklich gern, wie sie immer beteuerten.

Dies will ich denen mal gerne glauben.

Der Urlaub

Seit einigen Tagen herrschte eine leichte Unruhe im Hause der Beiden. Aus jeder Ecke suchte man Sachen zusammen, stapelte sie, um dann doch wieder den Stapel aufzulösen und ihn durch neue Sachen, die man gefunden hatte, zu ersetzen. Dies ging so zwei Tage lang. Ich war dadurch etwas irritiert und unsicher, was dies zu bedeuten hatte. Als dann noch zwei große Koffer geholt wurden und die mittlerweile zahlreichen Stapeln darin verschwanden bekam ich eine leichte Panikattacke.

Die wollten doch nicht...???

Wie ihr wisst habe ich ja schon einmal ein solches Szenario erlebt.

Plötzlich bekam ich mit, wie ein Auto auf den Hof fuhr. Ich raste nach oben, sprang auf die Fensterbank im Schlafzimmer, um nachzusehen wer dort vorgefahren war.

Kaum war sie auf dem Hof gefahren, stellte sie den Motor ab und stieg aus. Dann hörte ich ein herzliches Hallo. Die schienen sich zu kennen.

Nachdem sie sich alle begrüßt hatten, fragte sie direkt nach Fynn.

Sie meinte doch wohl nicht mich? Oder? Dabei kannte ich sie ja überhaupt nicht. Woher kannte sie meinen Namen? Mir wurde etwas flau in der Magengegend.

Was sollte dies nun wieder für mich bedeuten? Ich kam mir regelrecht hilflos vor.

So blieb ich lieber auf meiner Fensterbank sitzen und verfolgte aufmerksam das Treiben dort unten auf dem Hof.

Nachdem das erste große Hallo vorbei war, wurden die Koffer aus dem Kofferraum gehoben und ins Haus gebracht.

Kaum waren alle im Haus hörte ich, wie man meinen Namen rief: „Ja, wo ist den der kleine, liebe Fynn. Will er nicht mal zu uns kommen?" „Hallo wo ist denn der Fynn?"

Nun, die Stimme klang ja ganz nett. Aber was sollte ich davon halten?

Noch einmal klang die Stimme mit dem Ruf nach mir. „Wo ist denn der liebe Fynn?" Sie meinte wohl mich!

Dann hörte ich die Beiden wie sie riefen:
„Fynn, dein lieber Besuch ist da. Komm mal zu uns runter!"

Wer will mich da besuchen? Ich hatte doch keinen eingeladen? Ich wurde noch ein zweites Mal gerufen, dennoch blieb ich standhaft.

Danach hörte ich die Beiden sagen:
„Liebe Ursula, so hieß sie vermutlich, der schläft wohl noch?" „Komm, trinken wir doch erst einmal eine leckere Tasse Kaffee und essen ein Stück Erdbeertorte dazu. Nach der langen Fahrt kannst du dies gut gebrauchen."
„Die Leckerlis, die du für unseren Kater mitgebracht hast, die können ja warten."

Aufmerksam geworden durch den Begriff „Leckerlis" hörte ich aufmerksam dem Gespräch zu, dass dort unten im Wintergarten geführt wurde.

Die Dame erzählte, dass sie eine gute Anreise hatte, außer ein paar kleineren Staus, dies sich an Baustellen gebildet hatten.

Dann kamen sie auch auf Jacey zu sprechen, die uns ja verlassen hatte. Scheinbar, so vernahm ich aus ihren Erzählungen, kannte sie sie schon eine lange Zeit. Auch die Rusty, die schwarze Katze, schien sie zu kennen.

Leider ging mir das Wort „Leckerlis" nicht aus meinen Sinn und ich nahm meinen ganzen Mut zusammen und schlich mich auf Zehenspitzen die Treppe herunter und machte mich auf den Weg in den Wintergarten, wo die Drei genüsslich beim Kaffee zusammensaßen.

Im Türrahmen blieb ich noch eine Weile still stehen und hörte dem Gespräch zu.

Nach einer Weile sagte die Dame leise: „Schade, dass der Fynn nicht kommt, dabei habe ich ihm eine Reihe von verschiedenen Leckerlis mitgebracht, aber er verspürt scheinbar keine Lust sie mal auszuprobieren."

Als ich das Wort „verschiedene Leckerlis" hörte, lief bei mir das Wasser im Munde schon zusammen, als wenn ich einen Bach in mir hätte.
Aber was sollte ich tun? Ich kannte sie ja nicht! Sie schien mich dagegen zu kennen und freute sich riesig, mich endlich kennenzulernen.

Ich zögerte noch!

Als er dann sagte: „Er wird schon kommen." „Nur Geduld!"

Noch hielt ich mich eisern zurück und lauschte dem Gespräch weiter zu, dass die Drei führten, dabei fiel mein Blick auf eine etwas größere Tüte, die an einem Stuhlbein angelehnt stand. Sollten hier tatsächlich diese vielen Leckerlis drin sein?

Es sah fast so aus!

Mein Gott, sollte ich so verwöhnt werden? Ich konnte es nicht fassen! Hier fiel ja Weihnachten und Ostern und sonstige Festtage zusammen!

Ich nahm meinen ganzen Mut zusammen und ging in den Wintergarten hinein.
Als man mich sah wurde ich mit einem überschwänglichen Hallo begrüßt, besonders von unserem Gast. Sie schaute mich an und ich schaute auf die Tüte. Sie schien mich zu verstehen. Sie stand auf, ging zur Tüte, holte eine kleine Packung daraus hervor, öffnete sie und legte den Inhalt auf meinen Teller, den sie mir noch zuschob.
Das roch vielleicht lecker! Einen kleinen Augenblick zögerte ich noch, aber dann gab es kein Halten mehr für mich und in Nullkommanichts war der Teller leer.
Mein Blick fiel auf sie. Sie schien gut geschult zu sein und verstand sofort. Ich bekam noch einen ordentlichen Nachschlag!

Mit dem ließ ich mir mehr Zeit und hörte die Worte:

„Ach, ist der süß!" „Wie auf den Fotos, die ich von euch bekommen habe."

Ich schaute einmal kurz auf und stellte mir die Frage: „Welche Fotos?"

Aber diese Frage verwarf ich gleich, denn die Leckerlis waren viel interessanter, als dem weiteren Gespräch zu folgen.

Nachdem mein Teller sauber war, setzte ich mich zwischen den Beiden auf die Bank und ließ mich kraulen.

Kurze Zeit später stand auch sie auf, kam auf mich zu und kraulte mir meinen Kopf und meinte zu mir:

„Auf eine schöne Ferienzeit!"

Nachdem der Kuchen und der Kaffee verputzt waren, wurden die Koffer ins Gästezimmer, welches im Obergeschoss liegt, gebracht.

Sollte sie hier bei uns einziehen?

Ich folgte ihr und schaute ihr im Türrahmen stehend zu, wie sie ihre Sachen aus dem Koffer in den Schrank verstaute. Nachdem alles untergebracht war, setzte man sich nach draußen auf die Terrasse am Teich. Es war ein sehr schöner, sonniger Nachmittag.

Zahlreiche Themen wurden besprochen, auch über die Fahrt der Beiden nach Baltrum.

Was dies auch bedeuten mag?

Ich hatte mir derweil einen schattigen Platt auf einer Liege gesichert und fühlte mich wie ein Prinz, dem sein Volk zu Füßen lag.

Plötzlich wurde es spannend. Er warf den Grill an! Sofort wurde ich hellwach! Ich hoffe doch sehr, dass für mich eine leckere Wurst abfällt, wie so oft, wenn gegrillt wird.

Als er, nachdem die Glut reif war, die ersten Leckereien auf den Grillrost legte, vernahm ich einen wunderbaren Geruch.

Hurra, meine Lieblingswurst war auch dabei!

„So ein Glück, mein Abend war gerettet!"

Man, der Duft zog in meine Nase, schärfte derart meinen Hunger, dass ich schon ganz hibbelig wurde.
Aber ich wurde zur Geduld ermahnt!
Geduld ist allerdings nicht gerade meine große Stärke.
Heute jedoch dauerte dies fast eine kleine Ewigkeit.
Endlich war es soweit! Es wurde aufgetischt.

Alle nahmen ihren Platz ein und fingen an, sich über das leckere Fleisch, die tollen Würstchen und die Beilagen herzumachen,
Er nahm mein Würstchen ebenfalls vom Grill, schnitt es klein und ließ es noch einen Moment lang abkühlen, bevor er mir das Würstchen auf meinem Teller servierte.
So nahmen wir Vier unsere Abendmahlzeit ein.

„Mein Gott, was war das lecker." „So etwas Gutes bekommt man nicht alle Tage!"

„Heute war so ein wunderbarer Tag."
„Er könnte ruhig öfters kommen!"
„Oder war dies heute nur, weil der Besuch gekommen war?"

„Der sollte ruhig öfters kommen!"

Was macht eine Katze nach so einem leckeren Mahl?
Richtig, sie putzt sich, leckt den Teller blank, trinkt noch etwas und legt sich dann hin und träumt vom Paradies.

Ich glaube, ich habe heute mein irdisches Paradies bei den Beiden gefunden!

Warum bin ich Dummer, nicht sofort zu den Beiden gezogen, nachdem ich mein Reich bei der alten Dame verloren hatte, um dann für zwei lange Jahre draußen ohne ein Dach über dem Kopf zu leben?

Eine Frage, die mich heute immer noch beschäftigt. Dabei hätte ich es doch so schön haben können.

Ja, wenn das Wörtchen wenn nicht gewesen wäre, dann wäre manches leichter gewesen. Aber es ist nie zu spät, für eine Veränderung.

Erst spät am Abend, es war schon dunkel geworden, während ein paar Kerzen die Terrasse leicht erhellten, beschloss man nun zu Bett zu gehen, denn, so hieß es, morgen müsse man zeitig aufstehen, da noch einiges anlag.
Ich stand ebenfalls auf und zog mich auf mein Nachtlager zurück, ohne vorher noch ein paar Leckerlis und eine kleine Mahlzeit zu erhalten. Die nette Dame gab sie mir!

Allmählich kehrte Ruhe und ich schlief auch bald ein.

Wovon träumte ich wohl?

Natürlich von meinen Leckerlis! Ich hatte mich gerade zweimal auf meinem Nachtlager umgedreht, als erste Geräusche ein geschäftiges Treiben ankündigte.

Die beiden großen Koffer wurden von oben herunter geholt und in den Wagen der Dame verfrachtet. Kurz darauf wurde gefrühstückt und danach verabschiedete man sich von mir und gab mir noch eines mit auf dem Weg, dass ich sehr lieb sein sollte und die Ursula mich in der Zeit, wo wir nicht da sind, versorgen würde.

Sie würden auch bald wieder zurückkommen!

Das war ja beruhigend.

Dann fuhren die Drei mit dem Auto weg. Ich blieb draußen und machte einen Rundgang durch mein Gebiet. Nach gut drei Stunden war ich wieder von meiner Tour zurück.

In meinem Gebiet gab es keine besonderen Vorkommnisse.

Ich legte mich in meine Kiste, die am Hintereingang stand und harrte den Dingen, die da noch kommen sollte.

Nach einer weiteren Stunde hörte ich ein Auto, wie es auf den Hof fuhr. Die Dame, mit dem Namen Ursula, stieg aus und kam zum Hintereingang.

Aber wo waren die Beiden geblieben?

Jetzt war ich mit Ursula allein. Sie wohnt jetzt also hier, fütterte mich und kraulte mich stundenlang.

Das gefiel mir!

Die nächsten Tage, dass Wetter war ganz ordentlich, machte Ursula zahlreiche Touren in die nähere Umgebung. Mal ging es nach Varel oder nach Wiesmoor, aber auch nach Wilhelmshaven und zum Zwischenahner Meer.

Meist war sie gegen Nachmittags wieder zurück und ich kam dann auch von meiner Tour zurück. Ansonsten machte ich einen kleinen Mittagsschlaf in meinen „ersten Domizil", dem Strandkorb.

War sie zurück, wurde ich auch schon gerufen! Dieser Ruf bedeutete für mich Essen und Leckerlis und dies wollte ich auf keinen Fall verpassen.

Danach war Kraulen angesagt, dazu saßen wir gemeinsam auf der Terrasse im Strandkorb.

Es war ein schönes Bild, wenn wir beiden Hübschen dort saßen und über beide Wangen strahlten.

Schade ist, dass uns keiner so gesehen hat und ein Bild davon gemacht hat.

Ich hatte sie in der Zwischenzeit richtig liebgewonnen.

Einige Tage später, es ging schon auf den Abend zu, als ich einen Anruf mitbekam. Ich lag rein zufällig auf ihrem Schoss und wir schauten uns einen Tierfilm im Fernsehen an, als der Anruf herein kam.

Er kam von den Beiden!

Sie waren auf Baltrum, einer kleinen Insel im Wattenmeer und genossen dort ihre knappen, gemeinsamen Urlaubstage.

Es ginge ihnen gut, was mich wieder etwas beruhigte und sie freuten sich auf die nächsten Tage auf der Insel.

Ursula meinte: „Sie könnten ruhig verlängern, denn sie beide kämen wunderbar zurecht."

„Damit meinte sie natürlich mich!"

„Klar!" „Wen sonst?"

Es folgten noch ein paar Gesprächsfetzen, danach war das Gespräch beendet und wir konnten uns dann wieder dem Tierfilm widmen. Hier wurden Zugvögel von der Küste gezeigt. So große Vögel sah ich auf meinen Streifzügen nie, nur so viele kleine Vögel, wie zum Beispiel Spatzen, Meisen und Amseln. Ab und zu lief mir auch mal eine Taube über den Weg. Aber so große...?

So ging ein ereignisreicher Tag zu Ende.

Damit Ursula nicht alleine im Gästezimmer schlafen musste, legte ich mich am Fußende ihres Bettes hin und wir schliefen dann gemeinsam ein und freuten uns auf den neuen Tag.

An diesem neuen Tag, die Sonne brannte gnadenlos vom Himmel, zogen wir es vor, uns lieber ein kühles, schattiges Plätzchen zu suchen. Gegen Mittag wurde es zunehmend schwüler und erste Wolken zogen auf. Mit der Zeit verdunkelte sich der Himmel und als die ersten Regentropfen fielen, gingen wir ins Haus hinein.
Nur wenige Minuten später prasselten der Regen mit einer derartigen Wucht gegen unsere Fensterscheiben, ebenso kleine Hagelkörner. Wir bangten um unsere Scheiben.

Ein heftiger Donnerschlag ließ uns zusammen zucken. Dies war nur der Vorbote! Danach ging es erst richtig los!

Helle, gewaltige Blitze erleuchteten das Haus, Donnerschläge hallten über uns hinweg und ließen das Haus regelrecht erzittern. Der Regen donnerte gegen die Scheiben. So etwas hatte ich bis dato noch nicht erlebt. Mir, beziehungsweise uns, wurde Angst und Bange. Selbst Ursula wurde merklich unruhig.

Immer wieder schaute sie aus dem Fenster hinaus und stammelte:
„Oh mein Gott, oh mein Gott – die Welt geht unter.

Das Wasser schoss regelrecht wie ein Sturzbach über den Hof und sammelte sich in einer Vertiefung. Aber so schnell konnte das Wasser nicht abfließen, wie neues hinzu kam, eine riesengroße Pfütze bildete sich.
Über zwei lange Stunden ging dieses Gewitter über uns hinweg, danach wurde es von Westen her wieder etwas heller und das Wetterleuchten und der Donner wurden langsam weniger und zogen ab. Auch der Regen ließ allmählich nach.

Später machten wir gemeinsam einen kleinen Rundgang durch den Garten. Überall stand das Wasser knöcheltief auf den Rasenflächen. Ich bekam reichlich nasse Füße. Ansonsten war zum Glück nicht viel passiert. Außer das zahlreiche Äste und Blätter von den umher stehenden Bäumen auf der Rasenfläche und einige Blumentöpfe umgekippt auf dem Boden lagen.

Danach nahmen wir auf der Terrasse unsere Abendmahlzeit ein und genossen die klare, saubere Luft.

In der Siedlung blieb alles ruhig. In der Ferne hörte ich zahlreiche Martinshörner, die nichts Gutes verhießen. Ich ging noch einmal auf Tour.
Aber in meinem Gebiet konnte ich keine Schäden entdecken, außer ein paar größere Äste die sich gelöst hatten und nun auf dem Boden lagen.
Hier und da gab es noch große Wasserpfützen, die sich gebildet hatten und noch nicht abgelaufen waren.

Nach einer Stunde war ich wieder zurück und Ursula saß immer noch auf ihren Stuhl und las ein Buch und freute sich auf meine Rückkehr.

Gemeinsam ließen wir den Abend ausklinken und gingen erst spät ins Bett.

Die nächsten Tage verliefen ruhig. Ursula machte ihre Touren zu zahlreichen, interessanten Sehenswürdigkeiten. Da die Tüte mit den Leckerlis, die sie mitgebracht hatte, sich dem Ende zuneigte, brachte sie von ihren Fahrten immer wieder neue Leckerlis für mich mit.

Dies ließ natürlich mein Herz immer wieder hochschlagen.

Sie war einfach super! So verwöhnt wurde ich noch nie!

Hoffentlich bleibt sie noch ein bisschen länger! Ich würde mich sehr darüber freuen!!!

Es wurde Sonntag und sie stand schon sehr früh auf und füllte einen Rucksack mit allerlei Sachen. Wollte sie abreisen?

Als sie durch die Türe hinaus ging, sagte sie noch zu mir:

„Sie würde nach Baltrum fahren, um die Beiden zu besuchen und sie auch wieder zurück zu bringen. Gegen Abend wäre sie wieder zurück."

Noch einmal füllte sie meinen Fressnapf auf und legte ein paar Leckerlis auf einen Teller. Schnell machte ich mich darüber her.

Als sie hinaus ging, schaute ich, dass ich ebenfalls hinaus kam, begleitete sie noch bis zum Wagen, miaute noch einmal und dann fuhr sie vom Hof.

Während sie wegfuhr machte ich mich auf zu meinem zweiten Schlafplatz im Schuppen und legte mich hin.

Gegen Mittag hörte ich auf dem Nachbargrundstück das Klappern einer Blechschüssel.

Oh, dachte ich bei mir, da bekommt mein Reviernachbar sein Essen bereit gestellt. Scheinbar ist er nicht zuhause, sondern noch unterwegs!

Diese Möglichkeit sollte ich nutzen!
Gesagt – getan!

Still, leise und mit der größten
Vorsicht auf allen vier Pfoten, die
Ohren gespitzt bin ich auf das
Nachbargrundstück geschlichen. Von
meinem Erzfeind weit und breit keine
Spur. Ich also weiter auf der Hut und
auf leisen Pfoten zum Napf hin.

Gut das beste Essen war es nicht
gerade, aber für den kleinen Hunger
gerade richtig.

Noch einmal vorsichtig sich
umschauen, vergewissern das der
Feind nicht in der Nähe ist und dann
schnell das Essen verputzen und den
geordneten Rückzug anstreben.
Scheinbar war die Lage ruhig,
entspannt und ich konnte in aller
Seelenruhe den Napf leeren. So blank
war der Napf noch nie!
Mit hochgestellten Schwanz ging ich
ganz langsam von dannen und zog
mich gestärkt in meinem Strandkorb
zurück.

Ich hätte gern sein dummes Gesicht gesehen, wie er vor der leeren Schüssel steht und nicht weiß wie es ihm geschehen ist. Schade, dass ich nicht dabei sein konnte.
Na ja, mit vollen Magen schläft es sich halt besser.

Gegen Abend kam Ursula mit den beiden Urlaubern zurück. Gemeinsam hatten sie den Tag gut genutzt und einen wundervollen Tag, mit viel Sonne, auf der Insel verbracht.

Als ich meinen Namen hörte, war dies ein Zeichen meine Siesta zu beenden und die beiden Urlauber zu begrüßen. Die Freude war riesengroß!
Endlich war mein Dienstpersonal wieder da. Obwohl die Vertretung auch nicht schlecht war!

Dabei stellte ich mir die Frage:

Was wäre wenn alle drei meine Versorgung sicherstellen würden, dann könnte ich mit Fug und Recht behaupten:

Ich habe ein Leben wie Gott in Frankreich!

Träumen darf man wohl noch? Oder?

Aber wie alles im Leben, geht alles einmal zu Ende. Auch Ursula musste leider wieder zurück und so hoffe ich auf die nächsten Ferien, die sie wieder bei uns verbringen wird!

Hoffentlich dauert dies nicht mehr so lange!!

Eingesperrt

Es war ein sehr schöner Herbsttag. Die Sonne schien noch kraftvoll vom azurblauen Himmel, den kein Wölkchen trüben konnte. Nach einem ausgiebigen Frühstück bei meinen Lieben ging ich mit der Frau aus dem Haus. Sie fuhr zur Arbeit und ich machte mich zu meinem Rundgang auf. Schließlich muss man ja wissen, was in seinem Reich passiert.
Meinen weißen, gewichtigen, wilden und gefährlichen Nachbarn habe ich schon einige Zeit nicht mehr gesehen.

Da stellt sich schon die Frage: Was ist mit ihm los? Eines kam mir schon seit einigen Tage merkwürdig vor.
Nämlich das sein Fressnapf nicht mehr draußen stand, an dem ich mich immer leidlich halten konnte.
Sollte er …. vielleicht jetzt zu einem Stubentiger mutiert sein?

Daran mochte ich nicht denken! Gerade er, der alles gejagt hat, was vier Pfoten hatte.

Trotzdem ließ ich allergrößte Sorgfalt walten.

Man konnte ja nie wissen wo er sich aufhielt und auf der Lauer lag.

Nachdem ich mich vergewissert hatte, dass er nicht unterwegs war, konnte ich in aller Ruhe mich auf seinem Terrain umsehen.

Dabei konnte ich einiges Neues entdecken, was ich so bisher nicht kannte.

Da gab es eine sogenannte „Katzentreppe". Sie führte in das obere Stockwerk des Hauses. Meine Neugier wurde stärker und ich beschloss, mir dies mal genauer anzuschauen. Vorsichtig erklomm ich die Katzentreppe, jeden Schritt abwägend und bald war ich oben. Hier schaute ich mich erst einmal gründlich um. Ich hatte von hier einen sehr guten Überblick auf beide Gebiete.

Dennoch hatte ich ein mulmiges Gefühl, den immer bestand die Gefahr, dass man von hinterrücks angefallen wird. Wie heißt ein beliebtes Sprichwort?

Vorsicht ist die Mutter der Porzellankiste!
Nachdem ich dort so eine Weile still verharrt hatte, fiel mir eine Klappe auf , die sich leise im Wind bewegte, Diese weckte meine Neugierde. Ich machte einen weiteren Schritt nach vorne, die Klappe gab nach und ich stand schon halb in einem Raum. Ich schaute mich um. Alles war merkwürdig still. Ich machte einen kleinen Schritt nach vorne, als plötzlich die Klappe dumpf in den Rahmen schlug. Jetzt war ich drin! Mein Herz raste, ein Zurück gab es nicht mehr, denn meine Neugierde war schließlich größer.

Ich begann mich um zu sehen und inspizierte zuerst diesen Raum. Wie es aussah, schien dies mir ein Kinderzimmer zu sein. Überall lagen kleine Sachen herum, Teile die wie Steine aussahen oder wie kleine Autos. Einer sah so aus wie der, mit dem die Frau zur Arbeit fuhr, nur eben kleiner!
Vorsichtig ging ich weiter.

Ich nahm eine Menge neuer Gerüche auf, die ich bisher nicht kannte. Dann ging ich zu der offenen Tür, die auf der gegenüberliegenden Seite des Raumes lag. Vorsichtig warf ich einen Blick nach links und rechts, aber alles blieb still.

Mutig ging ich durch diese Türe und lief zuerst nach links. Auch hier stand eine weitere Tür offen. Ich warf einen flüchtigen Blick hinein, es war nur das Bad, welches mit hellen Fliesen bestückt war. Ansonsten gab es hier nicht viel zu entdecken, außer einem Seifenstück, welches in einer Ecke lag. Aber der Geruch der Seife war nicht gerade einladend.

Ich verließ wieder das Bad und ging in die andere Richtung, da der Flur hier zu Ende war.

Auf der anderen Seite des Flures gab es eine weitere Türe, die leicht im Rahmen angelehnt war.

Dies weckte meine Wissbegierde.

Ich richtete mich auf und gab der Türe einen leichten Stoß mit meinen beiden Vorderpfoten.

Sie öffnete sich einen Spalt und ich marschierte hinein.

Ich schaute mich um. Dies musste das Schlafzimmer sein. Es sah so aus, wie bei meiner liebenswerten Dienerschaft.

Als ich in der Nähe des Bettes kam vernahm ich ein leises Brummen. Ich versuchte es zu lokalisieren. Ich sprang auf das Bett hinauf und folgte dem immer stärker werdendem Brummen. Als ich in der Nähe der Kissen war, sah ich in einer Ritze des Bettes einen Gegenstand der still vor sich her brummte und sich dabei auch noch bewegte. Als ich mit meiner Pfote dieses komische Ding berührte, durchzog mich eine starke Vibration. Aber ich bekam es nicht aus dieser Ritze herausgeholt. Es saß zu fest drin. Eine ganze Weile schaute ich diesem verrückten Ding zu. Die Vibrationen, die dieses Teil ausstrahlte machte sich auch bis zu dem Kissen, auf dem ich saß, bemerkbar.

Ein nicht unangenehmes Gefühl!

Ich blieb eine ganze Zeit dort so sitzen und genoss die Vibrationen.
Nachdem ich das Gefühl hatte, dass die Schwingungen langsamer wurden ging ich wieder zurück auf den Flur und ging die Treppe hinunter. Unten angekommen, stand ich im Wohnzimmer. Hier fiel mir sofort der riesige Fernseher auf, der an der Wand hing. Darunter stand eine große Couch, sowie ein großer, schwerer Tisch und einige Stühle, die mit einer hellen Polsterung versehen waren.

Mittlerweile machte sich mein Magen bemerkbar. Er knurrte sehr angestrengt.

Also ging ich weiter. Links vom Wohnzimmer lag die Küche. In die ging ich hinein.
Zu meinem Erstauen war die sehr ordentlich aufgeräumt, kein Teil lag herum, alles war blitze blank.
Mein Magen lechzte nach einer Mahlzeit. Enttäuscht verließ ich die Küche wieder und ging den Flur weiter hinunter.

Hier befanden sich noch ein kleines Bad und eine Schrankecke.

Aber etwas Fressbares konnte ich nicht finden. Also ging ich wieder zurück ins Wohnzimmer. Von dort aus weiter in einem Anbau hinein. Zum Glück stand hier ebenfalls die Türe offen. In diesem Raum suchte ich jede Ecke nach etwas Essbarem ab. Aber nichts konnte ich finden.

Ich bekam eine leichte Panik.

Ich suchte weiter! In einer Ecke fand ich, etwas versteckt, einen Karton. Ich schnupperte daran und meine feine Nase sagte mir: „Dies riecht nach Trockenfutter!" Mit aller Kraft versuchte ich den Karton freizubekommen. Aber zuerst musste ich noch einen Kübel aus dem Weg räumen, um an den Karton heranzukommen. Ich stellte mich auf eine Kante des Kübels und brachte ihn erstaunlich schnell zum Kippen. Zu meinem großen Glück rollte der zur Seite und gab den Karton frei.

Mit einem beherzten Hieb und ausgefahrenen Krallen bekam ich den Karton zu fassen und brachte ihn zu Fall.

Aus einer Öffnung des Kartons fiel einige Teile des Trockenfutters heraus. Ich probierte eines davon. Dies schmeckte nicht schlecht, obwohl es nicht mehr ganz taufrisch war. Aber für einen kleinen, ersten Snack sollte dies schon reichen.

Also versuchte ich den Karton weiter zu bewegen, damit weitere Teile des Futters heraus fielen, um meinen großen Hunger zu stillen.

In einer Schale, wo eine rote Blüte im Wasser schwamm, trank ich etwas von dem Wasser was meine „Mahlzeit" etwas verdaulicher machte.

Überall fand ich den Geruch von meinem weißen Nachbarn wieder.

Nur, wo war er?

Ich hatte das dumpfe Gefühl hier allein in diesem Haus zu sein. So langsam wurde mir das Ganze etwas unheimlich.

So nahm ich die günstige Gelegenheit wahr, jede Ecke, jeden Spalt und jedes Teil genau zu untersuchen.

Überraschendes fand ich zu meinem Erstaunen nicht mehr. Nach meinem Durchgang durch das gesamte Haus machte sich eine gewisse Müdigkeit breit.
Ich wollte wieder zurück zu meiner Schlafstelle die ich ja draußen hatte. Also ging ich wieder ins Kinderzimmer und wollte durch die Klappe wieder raus gehen. Aber so sehr ich mich auch anstrengte, ich bekam die Klappe einfach nicht auf. Über eine gute Stunde versuchte ich es. Aber die Klappe blieb zu.
Was lief hier ab? So sehr ich mich auch bemühte, sie ging einfach nicht mehr auf. So langsam verzweifelte ich.

Sollte ich... vielleicht hier in diesem Haus gefangen sein?

Muss ich vielleicht warten bis einer nach Hause kommt?

Wo ist eigentlich der weiße, böse Kater, der hier sein Hausrecht hat?

Sollte der mich hier auffinden, dürfte dies mein tragisches Ende sein.

In mir stieg die Angst langsam auf. Mein Herz fing an zu rasen.

Ich setzte mich hin und überlegte was ich in dieser misslichen Lage tun könnte.

Miauzen half mir in dieser Lage nicht viel, da mich keiner hören konnte. Ich zwang mich dazu, die Ruhe zu bewahren.

Ich suchte mir ein ruhiges, sicheres Plätzchen. Dies fand ich im Ehebett in der erste Etage. Ich legte mich auf das Kissen, welches nahe dem brummenden Ding lag.
Noch hörte und spürte ich eine leichte Vibration, das aus der Ritze kam. Nach einer kurzen Zeit schlief ich ruhig ein.

Ich wurde erst am Mittag des anderen Tages wieder wach, als die Sonne durch das Dachfenster in den Raum hinein schien und ihn stark aufheizte.

Puh, mir wurde es ganz schön warm, so dass ich es vorzog, die unteren Räume aufzusuchen.

Hunger hatte ich auch!

Mir fiel der Karton mit dem Trockenfutter ein. In dem Raum, der einem Wintergarten nicht unähnlich war, suchte ich den Karton und spielte mit ihm etwas herum, bis er genügend Futter ausspuckte.
Dann machte ich mich über die trockene Mahlzeit her. Danach meldete sich der Durst bei mir. Zum Glück gab die Schale mit der Blume noch etwas Wasser her. Nach ein paar „Schlecker" war sie leer.

Nachdem ich meinen Hunger und Durst gestillt hatte, war die Fellpflege dran. Man will ja nett aussehen, auch wenn man vielleicht den Löffel abgeben muss.

Immer die Haltung bewahren!
Danach suchte ich mir ein sicheres Plätzchen auf der Couch und schlief ein – bis zum Abend.

Es war schon leicht dämmerig geworden, als ich auf dem Nachbargrundstück Geräusche vernahm. Bei meinem Rundgang durch das Haus hatte ich ein Fenster gefunden, das einen Blick auf das Grundstück freigab.
Dort sah ich meine Dienerschaft wie sie umher lief und laufend meinen Namen rief:

„Fynn" „Fynn" Fyyynnn"

Immer wieder hörte ich meinen Namen.
Ich lief zu diesem Fenster hin und versuchte auf mich aufmerksam zu machen.
Ich lief auf der kleinen Fensterbank auf und ab, schlug mit meinen Tatzen gegen die Scheibe, miaute so laut wie ich konnte.

Aber glaubt ihr, einer von den beiden schaute mal nach oben zu dem Fenster hinauf? In allen Ecken suchten sie mich und immer wieder riefen sie:

„Fynn, Fynn, Fynn, wo bist du?"

Ich konnte mich wie ein Berserker am Fenster aufführen, aber keiner nahm mich hier wahr.

Nach einer halben Stunde gaben die beiden auf, es wahr mittlerweile dunkel geworden und sie gingen wieder ins Haus hinein.

Traurig saß ich da und verstand die Welt nicht mehr. Ich blieb noch eine ganze Weile auf der Fensterbank sitzen und konnte sehen, wie die Beiden zu Bett gingen. Und ich?

Ich saß dort auf der Fensterbank und hatte Sehnsucht nach meinem geliebten Heim.

Ach wie schön wäre es jetzt am Bettende auf einem weichen Kissen zu liegen und über meine Beiden zu wachen.

Leise rief ich den Beiden zu: „Schlaft gut und habt eine gute Nacht."

Die ganze Nacht blieb ich auf der Fensterbank liegen und warf immer wieder einen Blick auf das gegenüberliegende Fenster.

Dazwischen schlief ich immer wieder etwas ein.
Ich hatte die Hoffnung, dass es ja mal sein könnte, dass einer von den Beiden mal einen Blick herüber wirft, wenn einer in der Nacht mal auf die Toilette muss und mich dann sieht.

Es war eine vergebliche Hoffnung!

Ich war gerade mal wieder in einen kurzen Schlaf gefallen, als ich ein bekanntes Geräusch vernahm. Ein Garagentor wurde geöffnet, ein Wagen gestartet und wurde aus der Garage gefahren.

Ich schreckte hoch.

Es war sie! Sie fuhr zur Arbeit.
Ich gebärdete mich wie wild am Fenster. Aber sie warf keinen Blick nach oben, sondern stieg ein und fuhr los.
Ihr Mitbewohner winke ihr noch nach und ging dann ins Haus hinein.

Ich tobte wie wild am Fenster herum. Wenn ihr mich da gesehen hättet, da hätte jeder von euch gedacht:

Was macht der für Faxen?

Leider viel zu wild!

Ich machte einen kleinen Schritt zu weit nach links und schon ging es unsanft abwärts und ich landete unsanft auf dem Boden.
Auf dem Weg nach unten stellte ich mir die Frage: „Was wäre gewesen, er hätte gerade in diesem Moment nach oben geschaut?"

Dieses Szenarium wollte ich mir nicht vorstellen.

139

Sofort sprang ich mit einem Satz auf die Fensterbank zurück und schaute nach drüben, aber es war keiner mehr zu sehen.

In meiner naiven Hoffnung möglichst bald einen wieder zu sehen blieb ich hier sitzen und war wachsam wie ein Schäferhund.

Bis zum Nachmittag tat sich nichts. Alles blieb ruhig. Ihn sah ich zwar, wie er im Wintergarten umher lief und dann nach draußen auf die Terrasse ging. Ich dachte daran, wie oft ich mit ihm gemeinsam dort auf einem Stuhl oder einer Liege in der Sonne oder unter dem Sonnenschirm lag.

Und jetzt?

Ich war der Verzweiflung nahe.

Am späten Nachmittag kam sie dann wieder nach Hause von der Arbeit. Ich hörte sie, wie sie in die Einfahrt fuhr und vor der Garage den Wagen abstellte. Dann stieg sie aus.

Und ich?

Ich tobte vor dem Fenster umher, miaute wie verrückt. Aber von ihr – keine Reaktion. Sie ging zur Terrasse wo ihr Schatz lag und dort blieb sie auch. Sicherlich gab es viel zu erzählen.

In der Zwischenzeit waren dunkle Wolken aufgezogen und es fing plötzlich an zu regnen. Ich sah nur noch wie die beiden ins Haus flüchteten.

Wohl wasserscheu?

Wieder kein Blick mal nach oben!

Mein Gott, warum nimmt mich keiner wahr? Dabei muss ich ja deutlich sichtbar sein.

Denn den weißen Kater haben wir doch auch immer dort liegen sehen. Oder? Obwohl ich ein eher dunkles Kleid trage, muss ich doch auch sichtbar sein. Oder brauchen beide eine neue Brille? Ihr könnt es mir glauben, so langsam wurde ich etwas ungehalten über meine jetzige Situation.

141

Mein Hunger quälte mich auch schon wieder. Für ein paar Tage reichte das Trockenfutter noch – aber dann?

Das Wasser war schon alle. Aber vielleicht lässt sich ja noch etwas finden.

Wie viele Tage kann ich hier im Hause überstehen? Warum kommt keiner zurück? Ich ging noch einmal in die Küche hinein und sprang dort auf den Tisch und warf einen Blick aus dem Fenster heraus. Dabei fiel mir auf, dass ein Auto nicht da war. Auch das zweite Auto war nicht zu sehen. Wilde Gedanken schossen mir durch den Kopf. Die werden doch nicht in Urlaub gefahren sein?

Wo aber war dann der weiße Kater?

Zahlreiche Gedanken kreisten in meinem Kopf umher.

Gut ein paar Tage habe ich ja noch, aber dann...?

Nicht das später auf meinem Grabstein steht:

„Hier ruht der alte Fynn, dem seine Neugierde in den Tod führte."

So wollte ich nicht enden. Also gab ich die Hoffnung auf eine Befreiung nicht auf und blieb auf meinem Posten.
Spät am Abend, es war schon dunkel fuhr er den Wagen in die Garage. Dann ging er noch einmal über den Hof und schaute in allen bekannten Ecken nach, wo ich mich meistens aufhielt, wenn ich von meinen Touren zurückkam und keiner von den Beiden zuhause war, um mich hereinzulassen. Denn eigentlich genügte ein schwaches Kratzen oder Klopfen an der Türe und schon ging sie auf und ich wurde freudig begrüßt.

Bevor ich mein Essen vorgesetzt bekam, gab es zuerst ausgiebige Streicheleinheiten.
Die genoss ist genauso, wie das Essen!
Nachdem ich dies hinter mir hatte, war eine umfangreiche Fellpflege angesagt.

Noch ein paar Streicheleinheiten abholen, vielleicht noch ein Leckerli und dann ging es in mein Körbchen, wo ich mich gemütlich zusammenrollte und von meinen und neuen Abenteuern träumte.

Aber wie sah das jetzt aus?

Ausgesperrt, hungrig, durstig, müde und keiner nimmt mich wahr.

Einfach nur noch traurig!

Wie soll es bloß weitergehen?

Eine Frage, die mich immer wieder beschäftigte. Das ich noch auf meine alten Tage so etwas erleben muss, dass hätte ich mir nicht träumen lassen.
Aber nun ist es doch halt geschehen.

Ich schaute wieder aus dem Fenster.
Da ging er umher und suchte alle bekannten Stellen von mir ab. Immer wieder rief er meinen Namen.

„Fynn... Fynn... Fynn... Fynn... Fynn...

Ich bemerkte bei ihm ein gewisse Traurigkeit, dass er keine Nachricht von mir bekam. Sonst, wenn er meinen Namen rief, kam ich laut miauend zu ihm hin gelaufen und er streichelte mich liebevoll. Jetzt kam ich nicht und trotzdem war ich ihm so nahe.

Eine Zeitlang blieb er noch im Türrahmen stehen und wartete ob sich etwas tat. Aber seine Mühe war umsonst. Er ging dann ins Haus und schloss die Türe hinter sich zu.

Damit verschwand eine weitere Hoffnung auf eine Befreiung.

Dabei stellte ich mir die erneute Frage:

„Warum war ich so neugierig?"

Könnt ihr mir diese Frage vielleicht beantworten?

Wie heißt es doch so schön? Alter schützt vor Torheit nicht!

Warum fallen mir jetzt solche Sprüche ein?

145

Vermutlich habe ich jetzt viel Zeit über mein Leben und meine Zukunft nachzudenken.

Wenn ich so zurückblicke, dann war mein Leben eigentlich gar nicht so schlecht. Ich hatte über 10 Jahre eine liebevolle Unterkunft. War gut aufgehoben und wurde geliebt.
Danach gab es einen schweren Einbruch in meinem Leben. Ich verlor mein geliebtes Heim und stand plötzlich sprichwörtlich auf der Straße. Über vier Jahre strich ich als Streuner durch meine Siedlung, immer auf der Suche nach einer neuen Heimat. Zweimal dachte ich, dass ich eine gefunden hatte, aber sie erwies sich als Trugschluss.

Dann hatte ich das Glück eine Unterkunft in einem Strandkorb zu finden.
Aber diese Geschichte kennt ihr ja.

Aber nun mal wieder zurück zu dem Hier und Heute.

Nun muss ich auch diese Nacht hier wieder verbringen. Ein Blick nach drüben verrät mir, dass dort alles ruhig ist. Oben im Dachgeschoss ist noch alles ruhig, unten blitzt ab und zu mal ein blaues Licht auf.

Vermutlich sitzen die beiden vor dem Fernseher und sehen sich einen Film an. Und ich lag dann immer bei ihnen und kuschelte mich an einen der Beiden. Wenn der Film zu Ende war, gingen wir nach oben und begaben uns zur Ruhe.

Dies sollte ich auch gleich tun, um morgen früh keine Bewegung zu verpassen.

Ich habe tief und fest geschlafen. Als ich vor Schreck wach wurde, strahlte die Sonne vom azurblauen Himmel.

Mein Blick fiel sofort auf mein Gegenüber.

Nichts zu sehen, geschweige denn zu hören.

Haben wir schon Wochenende?

Wie viele Tage bin ich denn schon hier eingesperrt? Man verliert ja jegliches Zeitgefühl. Nach meinem Hungergefühl müsste dies schon Wochen sein.

Ich will ja nicht übertreiben, aber mir kommt dies schon so vor.

Gebannt schaue ich nach drüben. Aber auch so sehr ich mich anstrenge, ich sehe keine Bewegung im Haus. Eigentlich müsste sie ja schon längst zur Arbeit gefahren sein. Oder hat sie frei? Oder ist schon tatsächlich Wochenende, wo sie meist etwas länger schlafen?

Mein Gott, ich werde so langsam depressiv, wenn ich immer so angespannt aus dem Fenster spähen muss und der Hoffnung nach gehe, dass einer mich hier am Fenster endlich entdeckt. Aber meine Hoffnung wird nicht erhört.

Ich hatte die Hoffnung schon aufgegeben und und wollte meinen Blick abwenden, als ich eine Bewegung vernahm.

Voller Konzentration verfolgte ich das Geschehen im Haus. Gott sei dank, sie waren noch da und waren gerade aufgestanden. Aber keiner schaute aus dem gegenüberliegenden Fenster zu mir hin. Langsam verzweifelte ich.

Trotz aller Verzweiflung blieb ich auf meinem Posten. Irgendwann muss doch einer von den Beiden herauskommen und sei es, dass sie nur den Müll herausbringen oder die Post aus dem Briefkasten holen. Es blieb ruhig!

Keiner ging vor die Türe. Nun ja, das Wetter lud auch nicht gerade zu irgendwelchen Aktivitäten nach draußen ein, denn es regnete regelrecht Bindfäden und auch der Wind zeigte sich von seiner besten Seite und blies recht stürmisch.

Geduldig blieb ich auf meinem Platz am Fenster sitzen. Erst am Nachmittag tat sich etwas.

Der Postbote kam und warf die Briefe in den Briefkasten hinein. Jetzt musste doch jemand heraus kommen, um die Post hereinzuholen.

Sie haben sicherlich mitbekommen, wie der Postbote die Briefe einwarf.
Es war jedoch wie verhext. Keiner rührte sich. Es tat sich einfach nichts.
Was war da los? Bekommen die Beiden gar nichts mit, was vor ihrer Haustüre geschieht?

Unfassbar!

So langsam mache ich mir Sorgen. Meine Verzweiflung nahm zu, mein Hunger und mein Durst ebenfalls.

Wann sollte ich aus meinem Gefängnis befreit werden? Dies war eine Kernfrage von mir.

Ich blieb, trotz aller Widrigkeiten, auf meinem Posten.
Plötzlich hörte ich ein Geräusch und spitzte meine Ohren. Ich hörte wie eine Haustüre aufging und meine „Dienerin" etwas in die Mülltonne warf.
Dann ging sie in den Vorgarten, um ein paar Blumen für die Vase zu schneiden.

Aber was geschah jetzt?

Sie ging mit den Blumen in der Hand
auf das Haus zu, wo ich schon seit
etlichen Tagen fest saß.

Ich spitzte ganz gespannt meine
Ohren und hörte wie ein Schlüssel ins
Schloss gesteckt wurde und langsam
herum gedreht wurde. Leise ging die
Türe auf und fiel Sekunden später
wieder ins Schloss.
Ich machte einen Satz von der
Fensterbank auf dem Boden und
rannte die Treppe hinunter und lief
meiner liebenswerten, netten, über
alles geliebten „Dienerin" direkt vor
ihre Füße. Sie erschrak und schaute
mich total verdutzt an, um dann die
Worte zu stammeln:

„Was machst du denn hier?"

Wir haben dich schon seit Tagen
vermisst und gesucht."

„Wir dachten, dir sei etwas passiert."

Sie nahm mich liebevoll auf den Arm und drückte mich voller Inbrunst. Ich glaube, in diesem Moment waren wir einfach nur glücklich. Sie, dass ich wieder unversehrt da war und ich, dass ich endlich befreit war.

Nachdem sie sich von dem Schrecken erholt hatte, goss sie die Blumen und stellte die neuen Schnittblumen aus dem Garten in eine Vase.
Danach holte sie die Zeitungen und die Post aus dem Briefkasten vor dem Haus heraus. Sie legte sie auf einen bereits vorhandenen Stapel.
Dann wurde noch einmal kurz durchgelüftet, danach verließen wir das Haus.

Endlich wieder in Freiheit.

Das war ein tolles Gefühl!

Dann ging es heim und alle freuten sich, dass ich wohlbehalten wieder zurück war.

Ich bekam eine besonders große Portion von meinem Lieblingsessen, sowie einige Leckerlis und danach ging ich zu meiner Kiste legte mich dort hinein und schlief sofort ein.

Wovon mag ich wohl geträumt haben?

Am nächsten Tag holte ich mir, die so vermissten Streicheleinheiten bei den Beiden ab. Ich konnte gar nicht genug davon bekommen.

Zwei Tage später kamen die Bewohner des Hauses aus dem Urlaub zurück.

Bei einem Gespräch am Gartenzaun, einen Tag später, erfuhr ich, dass mein weißer Widersacher erneut schwer erkrankt war und kurz vor dem Urlaub der Bewohner eingeschläfert werden musste.

Deshalb habe ich ihn nicht mehr gesehen und auch keinen gefüllten Napf, den ich plündern konnte.

Auch das mit der Katzenklappe klärte sich auf. Man hatte die Klappe so konstruiert, dass man nur hinein konnte, aber nicht mehr hinaus.

Man hatte diese deshalb so angelegt, dass eine Katze zwar hinein gelangen konnte, aber nicht wieder heraus und man so einen fremden Eindringling festsetzen konnte.

Da konnte ich also froh sein, dass ich rechtzeitig gefunden wurde, bevor die Bewohner wieder aus dem Urlaub zurück waren.

So konnte ich mich glücklich schätzen, dass meine Neugierde mich nicht in einer lebensbedrohlichen Lage gebracht hatte, sondern ein glückliches Ende nahm.

Bilder aus dem Fotoalbum

Beim stöbern in alten, schon etwas angestaubten, leicht vergilbten Pappkartons fand ich noch ein paar Bilder auch von mir, die meine Dienerschaft von mir gemacht hatten, die ich euch natürlich nicht vorenthalten will.

Wenn ich mir die Fotos in einer ruhigen Stunde und in aller Stille betrachte, kommen doch zahlreiche Erinnerungen aus frühen Zeiten in mir auf, wie zum Beispiel auf dem jetzt nach folgenden Foto.

Was hatte ich immer einen Spaß, wenn irgendwo etwas zum Spielen herum lag. Dann konnte mit damit stundenlang beschäftigen und alle die mich sahen waren hin und weg.

Oft hörte ich den Ausruf: „Ach, der kann aber schön spielen!"

Oder: „Nein, wie süß ist das denn!"

Aber nun zu dem Bild:

Hier seht ihr mich, wie ich durch einen sogenannten Knister-Tunnel robbe. Das macht mir einen riesengroßen Spaß.

Vor allem die Geräusche, die dieses Ding macht, davon kann ich nicht genug kriegen – auch in meinem Alter.

In jungen Jahren, wie ich mich erinnere, war keine Zeitung, kein Teil vor mir sicher, um nicht damit zu spielen.

Aber früher gab es ja nicht so schöne Sachen, mit denen man spielen konnte. Man nahm halt was man kriegen konnte.

Wenn ich mich an meine „Lausbubenzeit" erinnere, fallen mir zahlreiche Sünden ein, die ich begannen hatte und oft auch dafür einen schweren Rüffel einstecken musste.

Hier auf dem Bild hatte ich mich gerade vor meine Dienerschaft unsichtbar gemacht, um nicht entdeckt zu werden. Aber was soll ich euch sagen, die gingen einfach an mir vorbei und taten so, als wenn sie mich nicht gesehen hätten und ehe ich mich versah, war ich auch schon auf dem Foto verewigt.

Eben habt ihr erfahren, dass ich in meiner Jugend sehr oft mit Papier und Zeitungen gespielt habe. Das ist auch heute noch so der Fall.

Dies könnt ihr hier auf dem nächsten Foto sehen.

Auf diesem Bild sieht es aber eher aus, als wenn ich hier ruhte.

Nun, dass stimmt auch schon, aber hier war es nur eine kleine Verschnaufpause, die man als alter Kater schon mal braucht.

Aber ihr seht aber auch, dass ich den Karton schon ganz doll zerfleddert habe, da ist eine kleine Pause schon gestattet.

Ja, ja ich weiß was ihr sagen wollt, aber kommt mal in mein Alter, dann werdet ihr euch sehr bald umschauen und fragen:

„Wann gibt es mal eine Pause?"

Davon spricht das nächste Bild Bände:

Hier hänge ich, im wahrsten Sinne des Wortes, in den Seilen oder beziehungsweise auf meinem geliebten Kratz-Baum.

Auf diesen Moment hat meine Dienerschaft nur gewartet und ganz schnell auf den Auslöser gedrückt.

Ihr Grinsen kann ich mir sehr gut vorstellen.

An dem Tag, wo dieses Bild aufgenommen worden war, muss es besonders anstrengend gewesen sein, denn eine vernünftige Lage konnte ich nicht mehr einnehmen, sondern fiel einfach hin, streckte alle „Viere" von mir, schlief völlig erschöpft ein, angenehm von der Sonne gewärmt und träumte von meinen wilden Abenteuern.

Aber nun weiter in meiner Geschichte.

Der Arztbesuch

Wochen später, es war schon recht kalt geworden und der erste Schnee war auch schon gefallen, merkte ich, dass ich körperlich langsam abbaute. Ich war froh in meiner Kiste zu liegen, genoss die Wärme, die aus der Fußbodenheizung in meine Kiste abstrahlte und für ein wohliges Gefühl sorgte.

Selbst das sehr gute und leckere Essen verschmähte ich.

Dies fiel auch meiner Dienerschaft auf. Als ich immer schwächer wurde und zu nichts mehr Lust hatte, selbst meine geliebten Streicheleinheiten ließ ich ausfallen, was den Beiden zu denken gab. Sie machten sich große Sorgen um mich.

Als es mit mir nicht besser wurde, holten sie die komische Kiste hervor, die ich schon einmal gesehen hatte, als sie mit Jacey, meiner Vorgängerin, auch Diva genannt, fortfuhren.

Sie kamen auf mich zu, streichelten meinen Kopf ganz liebevoll.

Sie nahm mich vorsichtig auf ihren Arm und legte mich ganz langsam, ohne das ich anfing zu murren, in die Kiste, welche sie vorher mit einem weichen, flauschigen und duftenden Handtuch ausgelegt hatte. Hier lag ich ganz kommod drin. Still holte er das Auto aus der Garage und sie nahm auf dem Beifahrersitz Platz.

Er brachte mich in der Kiste zum Auto und stellte mich auf ihren Schoss ab. Dann ging es los. Er fuhr vom Hof und von dort auf die Straße. Die Fahrt ging recht zügig vonstatten. Ich konnte die Fahrt sehr gut verfolgen, da sie mich so stellte, dass ich aus der Frontscheibe schauen konnte. Am Anfang konnte ich noch einige bekannte Orte erkennen. Danach war mir alles fremd. Als wir auf eine große Straße einbogen kamen uns viele andere Autos entgegen.

Auf einmal hielten wir an, weil an einem Mast hängend, ein rotes Licht leuchtete.

Dieses Licht blieb eine Zeit , danach wurde es gelb und darauf kam eine grüne Farbe,

Bei Grün ging es mit der Fahrt wieder weiter.

Die Häuser an den Straßenrändern flogen nur so an uns vorbei. Auch wir wurden schneller. Viele interessante Häuser konnte ich kaum erfassen, aber wir hatten anscheinend keine Zeit.
Kurze Zeit später bogen wir rechts ab und fuhren auf einem Hof. Hier parkte er den Wagen und wir stiegen aus. Dann erhielt ich ein tolles Lob, denn sie sagte zu mir:

„Du bist aber lieb. Das hast du aber fein gemacht!"

Wenn sie wüsste, dass mir das Autofahren viel Spaß macht. So viel Neues auf einmal, bekommt man in seinem kleinen Reich nicht zu sehen.
Nun ging es aber in das Gebäude hinein.

Nach der Anmeldung nahmen wir im Wartezimmer Platz, wo noch zwei Hunde mit ihren Herrchen saßen.

Komisch, irgendwie war ich ganz ruhig, während die Hunde sehr nervös waren und ihre Herrchen hatten eine enorme Mühe sie zu beruhigen.

Sie wurden bald in die Behandlungsräume eins und zwei gerufen. So waren wir dann allein in dem Wartezimmer. Ich nutzte die Gelegenheit und legte mich gemütlich hin und harrte den Dingen, die da kommen sollten.
Nach einer etwas längeren Wartezeit wurde ich in das Behandlungszimmer eins gerufen. Dort musste ich warten, dann kam ein Herr mit einem weißen Kittel herein und sprach mit den Beiden.
Sie erzählten ihm etwas über meinem Zustand und Alter. Ich wurde vorsichtig aus der Box geholt und danach begann die Untersuchung. Eine Auffälligkeit konnte er bei mir nicht entdecken.

Er schätzte mich aber älter ein als die fünfzehn Jahre, die man angab.

Sie sprachen noch etwas miteinander und dann zog er eine Spritze auf, die er mir in einer Hautfalte meines Hinterteils drückte. Viel habe ich davon nicht gespürt. Damit war ich für` s erste fertig und wurde wieder in meine Box verfrachtet.

Sie zahlten noch an der Kasse für die Spritze und bekamen auch ein paar Tabletten mit. Es ging zurück zum Auto und wir fuhren wieder die gleiche Strecke, die ich jetzt ganz gebannt verfolgte. Ich glaube, dass ich nach der Spritze so richtig gut drauf war. So richtig aufgekratzt.

Kurze Zeit später fuhren wir wieder auf unserem Hof und wir stiegen aus dem Auto. Im Haus wurde ich aus der Box geholt, wurde noch einmal gelobt, weil ich das alles so toll mitgemacht habe. Meine ehemaligen Mitbewohner waren da ganz anders.

Sie hatten immer eine panische Angst, wenn sie in die Box mussten, damit sie transportiert werden konnten.

Nach diesem anstrengenden Trip gab es ein ganz leckeres Mahl., welches ich sehr genoss und meine Schüssel bis auf den letzten Krümmel leerte. Ein kurzes Miauen und ich bekam noch einen Nachschlag. Satt und zufrieden suchte ich meinen Schlafplatz auf, legte mich hinein, sortierte meine langen Beine und schlief selig ein.
In Geiste ließ ich die Geschehnisse des heutigen Tages noch einmal vorbei gleiten. Vor allem die Autofahrt fand ich toll, sie hat mir richtig Spaß gemacht und was ich da alles zu sehen bekam. Einfach toll!

Als ich am nächsten Morgen aufwachte, hatte ich doch glatt mein erstes Frühstück verpasst. Im Hause war es noch ruhig.

Ich fühlte mich schon deutlich besser als gestern und auch stark genug für einen Rundgang in meinem Revier. Aber bevor ich daran denken konnte, musste ich erst ein üppiges Frühstück einnehmen. Jedoch war meine Dienerschaft noch nicht auf.

Das sollte sich schnell ändern. Ich sprang auf den Tisch und warf eine Blechdose auf den Boden herunter. Das polterte wie doll. Und was soll ich euch sagen? Er kam die Treppe herunter, um nach dem Rechten zu schauen. Aber er sah nur mich und ich machte ihm klar, dass ich Hunger hatte. Er verstand recht schnell und machte mir mein Essen.

Ich ließ es mir schmecken!

Zum Glück war er noch unten und suchte nach dem Grund und dem Geräusch was er oben gehört hatte, konnte aber nichts finden.
Ich stellte mich vor die Türe und miaute einmal kurz. Auch diesmal verstand er was ich wollte.

Es ist von Vorteil, wenn man sein Personal sehr gut angelernt hat und sie einem blind verstehen.
Er machte mir die Türe auf. Langsam und bedächtig machte ich mich auf meine Runde.

An meinem ersten „Schlafplatz" machte ich eine kleine Pause, ruhte mich aus, genoss die aufgehende Sonne, bevor ich meine Runde fortsetzte.

Dabei muss ich eingeschlafen sein, denn als ich aufwachte, oh Schreck, war es schon spät und auch schon etwas frisch geworden. Ich streckte meine müden Knochen und lief wieder zurück. Gott sei dank waren meine Lieben zu Hause und mein Klopfen und Kratzen an der Türe wurde gehört und sie ließen mich rein. Sie füllten meinen Fressnapf mit dem Fleisch von einem Hühnchen und einer leckeren Soße auf.

Dies war mein Lieblingsessen. Dafür konnte ich alles liegen und stehen lassen.

Später gab es noch ein paar Leckerlis.
So konnte ich den Tag wunderbar abschließen und mich zur Nachtruhe betten und von neuen Abenteuern träumen.

Dabei fällt mir die Frage ein:

Soll ich als alter, betagter, kranker Kater noch von irgendwelchen Abenteuern träumen, anstatt froh zu sein, am nächsten Morgen wieder aufstehen zu können?

Na, dann mal „Gute Nacht!"

Schlusswort einer Katze

Ach, da fällt mir noch etwas ein:

… und wenn sich irgendjemand am Ende dieses Buch fragt:

… warum wird in diesem Buch sooft von Leckerlis, Mahlzeiten, Streicheleinheiten und Schlafen gesprochen wird, dann ist das halt so, weil dies das Größte und Schönste ist, im Leben einer Katze.

Mäuse und anderes Getier müssen nur diejenigen Katzen fangen, die sich ihre Dienerschaft noch nicht erziehen konnten beziehungsweise noch müssen.

Ich kenne beide Seiten und bin froh auf meine alten Tage noch einmal so eine liebevolle Dienerschaft bekommen zu haben und kann hier nur noch eines sagen:

DANKE

Nachwort

Die Geschichte „der Arztbesuch" war leider die letzte Geschichte die unser lieber Kater Fynn schreiben konnte.
Nach einem zwischenzeitlichen Hoch baute er langsam, aber stetig immer mehr ab.
Keine großen Touren mehr in seinem Revier, die er so liebte. Nein, er lag jetzt lieber in seiner Kiste und schlief lieber.
Nur zu den Mahlzeiten krabbelte er mühsam aus seiner Kiste hervor, aß ein wenig und legte sich dann wieder hin.
Selbst das Katzenklo mussten wir von der ersten Etage herunterholen, da er die Treppen nicht mehr hoch konnte.
Abends, wenn wir vor dem Fernseher saßen und den Nachrichten folgten, raffte er sich mühsam auf, sprang mit letzter Anstrengung auf die Couch und legte sich zwischen uns.

Hier genoss er die vielen Streicheleinheiten die wir ihm zukommen ließen. So ging das noch eine ganze Weile.

Wir waren froh, wenn er sich mal aufraffte und mit uns in den Garten ging, wo wir die letzten Arbeiten vor dem Winter verrichteten. Hier saß er dann auf einem Stuhl, welcher mit einem dicken, flauschigen Kissen bestückt war und er schaute uns bei der Arbeit zu.
Meist hatten wir noch etwas Herbstsonne, die er sichtlich genoss.
Da lag dann unser „Gamaschen Fynn" und schaute zufrieden in die Welt hinein.

Zwei Wochen vor Weihnachten wurden seine Bewegungen immer langsamer und seine Augen schauten uns immer müder an.

Wir hatten richtig Mitleid mit ihm.

Aber dann sah es wieder so aus, als wenn er sich wieder erholen sollte, denn dann folgte er uns sogar mit in den Garten, wenn wir draußen das Laub zusammen fegten, welches von den Bäumen fiel.

Nach dieser guten Phase folgte dann auch prompt ein Rückschlag.

Wir versuchten alles, sein Leben so angenehm wie möglich für ihn zu gestalten. Sein Lieblingsessen stand für ihn bereit, auch seine Leckerlis, die er so liebte.

Aber eine Woche später sah es gar nicht gut für ihn aus. Er aß und trank nicht mehr.

Wir machten einen Termin bei dem Tierarzt.

Wir sollten am anderen Morgen mit Fynn zu ihm hinkommen.

An jenem Morgen wurde ich durch einen sehr lauten Schrei aus dem Schlaf gerissen.

Benommen lief ich die Treppe hinunter, lief durch das Wohnzimmer, die Küche und sah meine Frau im Wintergarten auf dem Boden knien. Auf den ersten Blick dachte ich, dass ihr etwas passiert sei muss. Dem war aber nicht so.
Ich bemerkte das meine Frau bitterlich weinte.

Ich ging auf sie zu und wollte sie gerade fragen, was denn sei, da zeigte sie mir unseren, geliebten Kater Fynn, der auf dem Boden vor seiner Schlafkiste ausgestreckt lag.

Er hatte in dieser Nacht sein Leben ausgehaucht.

Wir standen beziehungsweise knieten regelrecht betroffen vor unserem geliebten Kater, der uns soviel gegeben hatten und wir weinten einfach, als wenn wir gerade einen geliebten Menschen in diesem Moment verloren hätten.

Noch einmal fiel mein Blick auf unseren geliebten Kater und ich hatte das Gefühl, als wäre er mit einem Lächeln von uns gegangen.

Am Nachmittag wurde er von uns zu Grabe getragen und fand seine letzte Ruhestätte neben den beiden Mädels „Rusty und Jacey".

Lieber Fynn,

Wir waren froh, als du bei uns eingezogen bist, denn du warst ein ganz lieber, anhänglicher und verschmuster Kater.

Du hattest schöne Jahre zu Beginn deines Lebens, die dann abrupt endeten, als deine alte „Dienerin" ins Krankenhaus und später in ein Heim kam und du einfach ausgesetzt wurdest.
Jetzt musstest du dich alleine durchs Leben schlagen. Dies waren mit Sicherheit nicht ganz einfache Tage bzw. Jahre für dich.

Dann trafen wir uns, erst ganz vorsichtig, dann immer vertrauter, bis du dann bei uns eingezogen bist.

Wie schön waren doch die Tage, die wir beide draußen auf der Terrasse in der Sonne auf dem Liegestuhl verbringen konnten. Du träumtest von deinen Abenteuern und ich schrieb an meinen Büchern.

Oder die Abende, die wir vor dem Fernseher verbrachten. Wir sehr haben wir dort die Kuschelrunden mit dir geliebt. Wenn du es aber vorgezogen hattest doch lieber in deiner Schlafkiste zu liegen, dann fehlte uns einfach etwas.

Oder wo du uns bei den Gartenarbeiten über die Schultern geschaut hast.

Oder, wo du gemerkt hast, dass es einem von uns nicht gut ging, Da warst du da und versuchtest denjenigen zu trösten.

Oder wenn du auf einer deiner Touren unterwegs warst und wir riefen deinen Namen, dann kamst du immer freudestrahlend wie der Blitz zu uns.

Oder wenn wir mal wieder unterwegs waren und du von deiner Tour zurück gekehrt warst und konntest nicht in die gute Stube hinein, dann hast du einfach in deiner Kiste auf uns gewartet bis wir kamen.

Oder wenn du uns ein Mäuschen von deiner Tour mitgebracht hattest, um uns deine Liebe zu zeigen.

Oder wenn du immer so geduldig gewartet hast, bis wir dein Essen servieren konnten.

Oder die Zeit, wo du nur einfach da warst.

Es gibt so viele, kleine und tolle Momente, an denen wir uns immer wieder gerne erinnern werden, wenn wir deinen Namen vernehmen oder eines der vielen Bilder still betrachten.

Du warst schon ein ungewöhnlicher Kater, mit liebenswerten Marotten. Auch dein Aussehen, mit deinen so langen Beinen, die gar nicht so recht zu deinem schmalen, grazilen Körperbau passten. Oder deinen weißen Pfoten, die wie Gamaschen aussahen!

Aber gerade deswegen haben wir dich so geliebt.

Du bist zu uns gekommen, in der stillen Hoffnung, bei uns ein neues Heim zu finden und wir hoffen, dass wir dir noch schöne Jahre in deinem nicht ganz so einfachen Leben bereiten konnten.

Wir hätten dich gerne noch einige Jahre bei uns gehabt, aber leider war beziehungsweise ist deine Lebensuhr abgelaufen, was uns sehr traurig stimmte.

Wir werden dich immer in unserem Herzen bewahren!

Mach es gut, unser geliebter Fynn.

Ja der plötzliche Tod von Fynn hatte uns schon ganz schön mitgenommen. In dieser Zeit waren wir einfach nur noch traurig und mussten verkraften, dass wir jetzt keinen Kater mehr hatten, der beim fernsehen zwischen uns beiden lag, der glücklich war und die vielen Streicheleinheiten von uns beiden genoss.

Er zeigte es uns aber auch deutlich, dass er froh war, auf seinen alten Tagen, noch ein neues Zuhause gefunden zu haben und dafür auch unendlich dankbar war.

Da wir beide uns ein Leben ohne eine Katze nicht vorstellen können fanden wir drei Tage später eine Anzeige von dem Tierheim in Wilhelmshaven im Internet,

Hier wurde ein 12 Jahre alter Kater, der im Tierheim ganz unglücklich , traurig, schüchtern einsaß und dringend ein neues Zuhause suchte offeriert.

Er hieß Moritz.

Morgen fahren wir mal ins das Tierheim nach Wilhelmshaven und schauen uns mal diesen Kater an.

Vielleicht....?

Ende

Der Autor und seine Mitautorin

Mittlerweile bin ich in einem Alter angekommen, wo man an die Rente denkt. Seit 2011 bin ich mit meiner Frau Manuela verheiratet und wir sind 2012 aus dem Rheinland ins schöne Friesland gezogen.

Seit 2012 arbeitet Manuela bei der GPS in Westerstede als Ergotherapeutin mit psychisch kranken Menschen zusammen.

Währenddessen habe ich mich dem Schreiben verschrieben.

Zu unseren gemeinsamen Hobbys zählen das Malen, das Fotografieren, das Gestalten mit den unterschiedlichen Materialien und das Töpfern mit Ton.

Katzen gehören einfach in unserem gemeinsamen Haushalt immer zum Bestand.
Sie geben uns immer sehr viel und üben eine große, positive Ruhe auf uns auf.

Bisher sind folgende Bücher erschienen:

Das Leben und Wirken des Strohwitwers Fritz
ISBN: 978 3911 1758070
In diesem Buch erzähle ich aus meiner Zeit als Strohwitwer. Meine erste Frau lag damals nach einem schweren Unfall in zahlreichen REHA-Kliniken und um sie etwas aufzumuntern schrieb ich ihr zahlreiche Kurzgeschichten, die in diesem Buch ihren Niederschlag fanden.

Plötzlich allein... wie soll ich Leben ohne dich?
ISBN: 978 3939 241068
Drei Jahren nach ihrem Tod, ausgelöst durch den schweren Unfall, schrieb ich dieses Buch, was mich damals bewegte.
Es wurde mittlerweile für viele eine kleine Hilfe.

Sex...kann so schön sein...man muss ihn nur haben.
ISBN: 978 3939 241019
In einer lauen Sommernacht kamen einige „ältere Ehepaare" zusammen und irgendwann nach einigen Gläsern wurden nach Mitternacht „kleine Geschichten" erzählt, die ich natürlich neugierig aufschnappte und niederschrieb.

Kolvensbachs Pitter...und sein leidvoller Ehealltag.
ISBN: 978 3939 24169
Ein Freund von uns wollte noch auf seine alten Tage heiraten. Seine Auserwählte war recht kräftig, um es mal zart auszudrücken, denn er war eher klein und schmächtig. Dies konnte nicht gutgehen. Aber alle Warnungen schlug unser Pitter aus. So mussten wir ihn oft aus der Bredouille helfen, was gar nicht so einfach war.

185

Mein Name ist Jacey, die Hauskatze
ISBN: 978 3944 028224
In diesem ersten Katzenbuch erzählt unsere Diva aus ihrem Leben und ihren kleinen Abenteuer von und bei uns.
Die vielen kleinen Skizzen wurden von meiner Frau Manuela gezeichnet.

Rusty packt aus...die Welt aus Katzenaugen
ISBN: 978 3981 1709223
Natürlich musste unsere zweite Katze, keine Diva sondern eine ganz normale Katze, ebenfalls ein Buch schreiben, um einige Ausführungen richtigzustellen, die ihre Mitbewohnerin in ihrem Buch niedergeschrieben hatte und von ihren kleinen Abenteuern, die sie bei uns erleben durfte.
Die Zeichnungen stammen von Manuela.

Kommissar a. D. Klaus Schöne
Aktenzeichen 2609
Ein ungeklärter Mord auf Baltrum
ISBN: 978 3741 288135
Kommissar Schöne macht Urlaub auf Baltrum, nachdem er in den Ruhestand versetzt wurden war.
Dort stößt er zufällig auf einen Zeitungsartikel, der über einen unaufgeklärten Mord berichtet, der vor 20 Jahren hier auf der Insel begangen wurde.
Seine Neugier wird geweckt!

Liebe zwischen Lee und Luv
ISBN: 978 3744 803607
Eine Liebesgeschichte mit einem realen Hintergrund, die sich hier im Norden am Wattenmeer abspielt und von einem nicht mehr so jungen Paar handelt, welches einen Neuanfang hier im Norden wagt.

Das Leben des Peter Bork
ISBN: 978 3744 829366
In diesem Buch wird über den Aufstieg und Fall eines erfolgreichen Vertriebsmitarbeiters berichtet.
Kein Einzelfall sondern eine bedauerliche Realität.

Kommissar a. D. Klaus Schöne
Aktenzeichen 1510
Leichenfund in einer Friedeburger Kiesgrube
ISBN: 978 3741 281082
Ein neuer Fall für unseren pensionierten Kommissar, der jetzt als ZBV (zur besonderen Verwendung) arbeitet. Gemeinsam mit Kommissar Schulz versuchen sie diesen ominösen und verstrickten Fall zu lösen.

Plötzlich allein... aber das Leben geht weiter.

ISBN: 978 3746 034393

10 Jahre nach dem Tod meiner ersten Frau beschreibe ich in diesem Buch all die vielen Facetten, die das Leben mit sich bringt. Aber auch mit seinen Fragen, die der Alltag einem stellt.

Gleichzeitig wird die Zeit des Aufbruches beschrieben, den Beginn eines Neuanfangs, ohne dabei die Erinnerung an das Vergangene zu vergessen.

Gamaschen - Fynn...
ein Kater erzählt

ISBN:

In diesem neuen Buch erzähle ich die Geschichte eines Katers, der sich uns als seine neue Dienerschaft und Heimat ausgesucht hatte, nachdem er alles verloren hatte und auf der Straße leben musste und nun froh ist, noch einmal ein schönes Heim zu finden.

Demnächst erscheinen:

„BURN OUT"
… der Weg in die Krise.
ISBN-Nummer:

In diesem Buch schildere ich meinen eigenen Weg in die Krise. Einen Weg, den man nicht als große Belastung fand. Man war jung und voller Tatkraft. Gleichzeitig stiegen aber die Erwartungen, von der Familie, von den Freunden, von den Vorgesetzten, von der Umwelt, in der man lebte.
Allen wollte man gerecht werden. Man wollte zeigen, dass man etwas erreichen konnte.
Dies ging auch über eine sehr, sehr lange Zeit gut, bis das Schicksal ein erstes Mal zuschlug. Ein zweiter Schlag führte dann bis zur totalen geistigen und körperlichen Erschöpfung.
Konnte eine massive Warnung meinen Weg in die Krise noch stoppen?

„Leben im Norden"
ISBN-Nummer:

Mit einem Augenzwinkern erzählt der Autor Alltagsgeschichten aus dem Norden, die er selbst erlebt hat beziehungsweise von vielen Seiten zugetragen bekam.

Es sind humorvolle Geschichten mit einem leichten Hang zur Satire und die auch Anlass geben, über manches einmal nachzudenken.

Weitere Texte von dem Autor finden sie in den nachstehenden Anthologien:

Deutsche Literaturgesellschaft
Gedichte, die die Zeit überstehen

Erinnerungen
Liebe
Weihnachten

August von Goethe-Verlag
Glücklich allein ist die Seele, die liebt

Der Hochzeitstag
Mein geliebter Schatz
Wehmut

Zwiebelzwerg-Verlag
Keinen Augenblick mehr mit dir

Der Talisman
Mein geliebter Schatz II

.